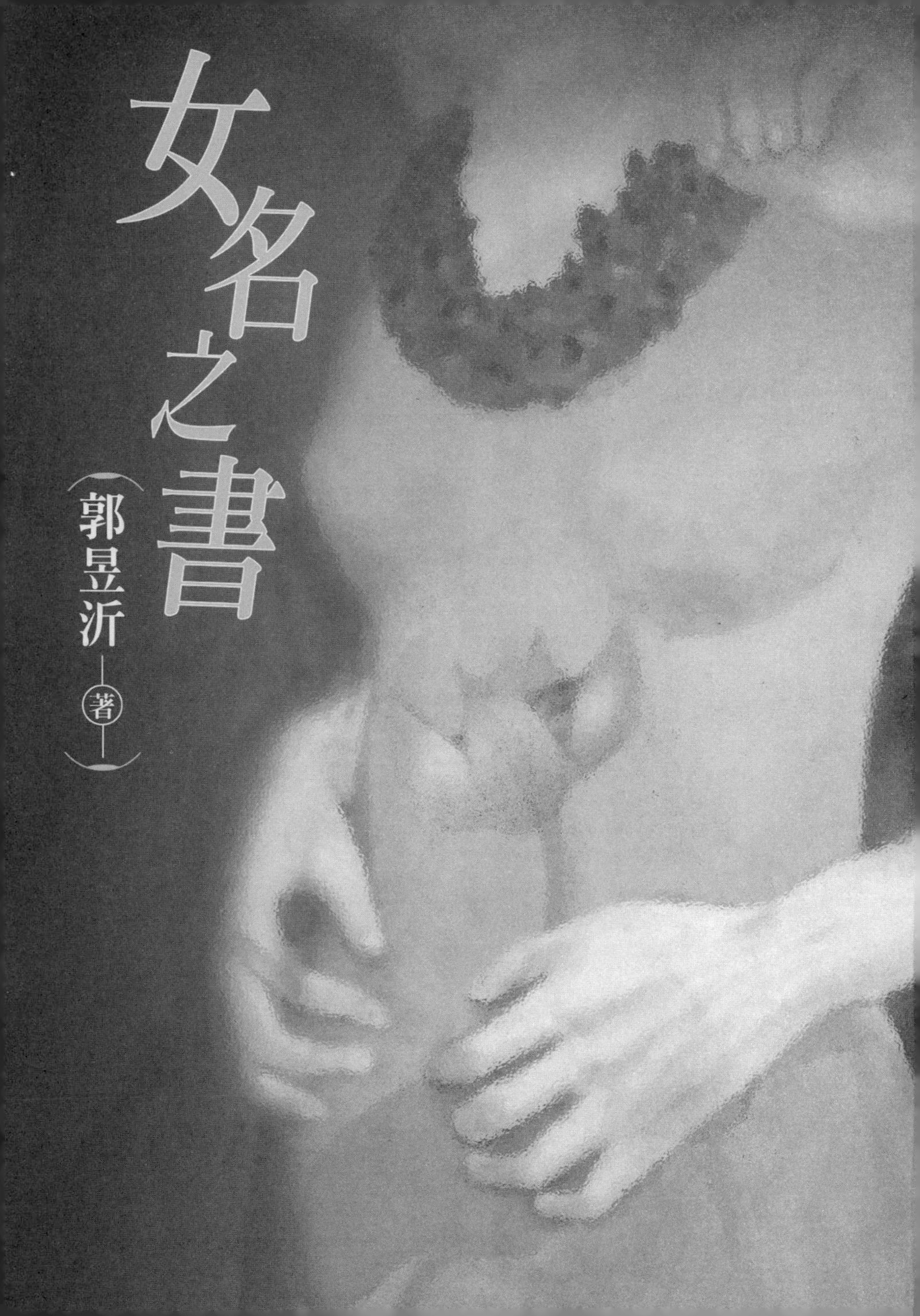
女名之書
郭昱沂
著

嬰初許是這麼說的：
一個夜裡，落著雨，吹著風，夜應該很深了，
窗外卻傳出奇怪的聲音，一陣、一陣、斷斷續續，
我瞧簾子透著光，月色幽幽晃晃的，
心裡有些沒著落，不知怎麼發著慌……

四面鏡子裡的彤播放著連續膠捲片，
一秒二十四格快速相連，連成不會停止的影像，
無止盡地將蕙女視覺暫留在這個旋轉之舞，
蕙女感到暈眩了，一陣反胃感湧到心口上——
這時，霧鄉的霧，籠上來，顯得更濃了。

真的，她活得太熱了，毫無冷場，執意要演女主角，每場戲都有份。
過分熱心，過分期待，過分相信別人，過分自戀，過分注重打扮，
過分愛笑，笑得過分大聲，過分愛敲人腦袋，
過分愛撒嬌，過分少不了男人……

遇到她的人分為兩種，
一種是愛上她，
另一種是認為自己沒資格愛上她。

我想為那再不曾發生過的美麗日出寫一封信，
寄給年輕郵差已認不出的地名，
寄給綽號叫擲水仙的小女孩，
寄給那些個夏日時光，
寄給我永恆記憶所在的中坡腳。

嬰初

嬰初許是這麼説的：

一個夜裡，落著雨，吹著風，夜應該很深了，

窗外卻傳出奇怪的聲音，一陣、一陣、斷斷續續，

我瞧簾子透著光，月色幽幽晃晃的，

心裡有些沒著落，不知怎麼發著慌……

嬰初的美是種巧合。

盈月臉，小鼻梁，剔白肌膚鋪成底色，襯得一雙杏眸黑澄澄，那眸，主宰了整張臉孔的靈味。兼且細窄骨架，不足胸脯，行動起來便載著無稜身子，雲絮一般飄過。同樣條件在其他人不顯出色，偏嬰初可以天造地設出自己獨有的一番質韻，纖淨一如女童，永遠活在長不大的童話裡。

任誰都出乎意料，她的美，竟載不了福，沒落個完好終局。

至今已無人說得清始末虛眞，浸著幽晃晃的月光，嬰初就這樣穿過時光長流，將自己裁成一則未解公案，走入江邊村的傳奇裡。

一條江打中間斷過村裡，沒起名，悠悠流貫了不知多久，村名就順應天然自古沿用下來。江水湯湯，季候蒸蒸，洗得草木鮮綠，環踞的山巒長年悶著一股灶氣，點點磚紅色民房，像煎在鍋裡的碎肉丁，而那七嫁橋跨在江央，便是鍋蓋上的一把提手。順江水行至一個大折彎處，立著一座祠堂的牌門，佩紫懷黃，顯示出家道門第，嬰初家就在其後方不遠，鳳簷龍椽，門楣題著：耕讀傳家。

這宅第裡面嬰初就是個主，被爹娘呵著，被唯一的兄長捧著，奶娘李嫂疼她更不下於自己親生兒子。小可人兒在團團溫暖裡長成，造就她對世故人情有些隔閡，凡憑直覺直感，以天眞眼光去梳理事物；然而對應她所處的環境，這性格不僅不壞事，還反而討喜，出了自家門，嬰初也照樣盡得人緣。

三歲起她爹就抱在膝上教吟唐詩，六歲上自己提筆寫出一首五絕，佳妙處讓遠近親友一時傳頌。同哥哥無分別地延請私塾、就讀西式學堂，穎悟慧黠，課業表現不讓，掌族裡祠堂事的長輩笑說，要將來嬰初拿個洋博士，就破格把她的名字列入本宗族譜。厚厚的族譜裡面女人向來只註明「適」某氏，一生便完事。

十六、七歲年紀，是個人物的合該都被賦予個說法，嬰初那巧合的美自然在江邊村被留心，被張揚。人群裡面她就是獨特顯眼，自然被大家的視線挑出來，而又說不出個確切，任誰都覺到她有個不足，如此楚楚惹憐需要悉心對待，還得切切叮囑，唯恐她遭受折損。

行經田陌，農人連忙摘下鮮妍花朵相贈；下起雨不識的路人會先行替她遮雨；先生講授到「靜女其姝」，望著她不免會心笑起來；鬻天機的更直斷此女必然身銜天命以達富貴。她的「弱勢」使她安全迴避了女孩間本能的嫉妒，女同學總不教嬰初接觸到雜污事，連聽聞都不許，近乎信仰般去維護一種如初完好。男同學視她如絳珠仙草、洛水之神，私心無不遙遙愛慕，當面卻又個個畏言情怯。

每逢節慶趕集時一幫混混專往人堆裡鑽，尋著姑娘便唱些歪歌野調，不招惹一番像沒趕上熱鬧似的，可到了嬰初跟前就得止步，一是她望即凜然不可犯，莫名神聖的氣質足以懾人；二是護花的擋在前面，蝗蟲自然近不了觀音身。

這些個對待逐漸說服嬰初相信自己是不凡的。她的自覺是從接獲這些「他覺」而來，從別人的描繪，結論出自己的圖像。在所有遇見水面的機會裡，她總要停望進去，比對一下映影與現身的虛實，疑問自己同時也旁證自己：

——我呢，然而這眞是我？

——這個我哪裡就值得上這些。

——多美好啊，我，可不是。

如此循環在自戀的憂鬱，扮演雙重自我來成就完美的雙重孤獨，她的整個宇宙縮減成反射自身影像的一塊水面，她被自己詩意又殘忍的孤立了。

嬰初開始沉迷於玩弄一些細緻的潔癖早晚不歇。她將自己梳理勻妥，身著素白衣裙，趕大清早到學堂，她要單獨見院落一池睡蓮，自己純然無辜的身軀，會叫「此花之顏色一時明白起來」。晚間將自己洗浴乾淨，任一處都仔細不含糊，其後還有個講究，天氣再熱也套雙白襪才就寢，免得雙腳不經意又沾到塵灰，確定自己徹底乾淨了她才好成眠。

房間裡到處都是月光，穿過紗簾流洩成幾何狀，似玉的殘片，透過這唯一的亮凝視著黑暗，臨睡前這麼來那般去，全想著自己。別人越看她特殊，她越珍重自己，以服膺眾人的期待，纖塵無染；別人越看她特殊，她越不安自己，無數的眼光將她繫在雲端，好不踏實，自己究竟真是眾人所詮釋的那般模樣麼？

常有人把文學裡遇見過的人格套在嬰初身上比喻，不自覺她也活進去，照「本」典型化自我。她想像自己孤意在眉，深情在睫；如菊一般「孤標傲世偕誰隱」；是值得人「取次花叢懶回顧」「歌唇一世銜雨看」。戲劇性使人本能的會沾沾自喜，然而那些人物全結束在書頁末，再無更多發揮，嬰初喜得並不徹底。

她相信一定有個尚未發生的傳奇正等著她，心裡常會捕風捉影，將瑣細無限放大，放大成爲若有其事，獨爲她譜寫歌泣的故事。現實的安逸允許她這麼著，她專心等待命運的召喚，任由自己編織臆想下去，再遙不可及也變得有點譜似的。過度期望，過度去意識到每個細節，她讓自己常常陷入失望，眞沒有一回事足以說服她正活在傳奇裡。

即便如此她總還是隱隱地爲那一刻的降臨做準備，就在某一方、未經意的瞬間、遇上一個人……正思量著，忽見一束煙升騰至天空，冉冉地與白雲交織一起，再也煙雲不分。那是每年七夕到了末尾的一項風俗，多半是些孀寡失婚、不孕不生、執煙花業的，爲求姻緣求子嗣求營生，他們先將龜魚一類放生到江水裡，然後在七嫁橋上燒紙錢祭拜娘娘神，口中念念有詞祝禱著，紙錢是特別請人畫上奉獻給娘娘神的象徵性物品：一頂轎子、花冠、霞帔、細軟、雙喜字布帕等等，一時間橋上煙霧蒸騰人聲繚繞，風風光光像在辦一場喜事，但一般正經人家可完全不興這套。

傳說一個女人事夫七次，來來回回，每趟花轎正好都經過這座橋。等到第七回，新娘子坐在簾後聽到轎夫輕蔑她的言辭，傷感自身命運曲折，羞怒交加之下便從橋上跳河自盡。世上有無數個傳說，無數個說不清虛眞始末的傳說，裡面總得有個女人爲情爲節，不得善終。此後好一段時間沒人敢從橋上過，怕被下面的厲鬼抓了去當現成的丈夫。又說她變成了神，一個娘娘神，橋頭石碑下面她留了雙紅繡鞋會顯靈通，女人拿了去照著樣子縫一雙，便可心想事成得遂其願。可終歸她上不得大檯面，廟堂祭祀正籍典章沒她分，單衹在一些愚婦村姑間流傳著。

李嫂扯扯嬰初的袖子：「姑娘家別看些不乾淨的東西！」

近來李嫂總覺得嬰初這孩子不對，靜多了，時而不語坐著，時而發傻笑著，最不對是她體質也起了變化，自己奶大的娃兒哪會給曚過去。她焦切擔憂著嬰初，於是偷偷將嬰初騙到二十里外教大夫看診，獲得證實後連忙返家稟告，上句吞吐不出下句，嬰初她娘呆愣了好半刻，她爹命令把家中門戶全都閂上。

「妳到底教誰給欺負了？別怕，只管說，爹娘知道妳是好孩子不會做出丟祖宗顏面的事。」

「究竟何時發生的？這可不能鬧著玩，一定得仔細交代。」

「對爹娘還有什麼不好說的，事情都發生了，妳倒是發句話啊。」

「難不成妳還護著這個人，到底是誰？」

「小姐，伺候妳半輩子，一心盼望妳將來有好歸宿，怎麼會鬧出這種事呢！」

李嫂不住抽噎起來。

「我可憐女兒傻了，不會說話了……」嬰初她娘跟著也哭出來。

「叫她說個啥，弄不好她還不明白怎麼一回事，都怪妳！」

「老爺，怪不得太太，這種事怎好說給姑娘聽。」向嬰初那兒望了望，「我看她可不懂。」

「李嫂妳成天跟著她，有沒有可疑的人接近過？她不是老愛逛公園、到縣城買書、跟同學去哪兒玩，妳可得努力想一想。」

「該不會是被鬼附身了？這陣子村裡不平靖，聽說是七嫁橋那女人在興風作浪。」

「這事還會是鬼做的？天殺的王八蛋幹的！」

「老爺，說不定是在哪教人給欺負，你沒聽兒子說這陣子來了不少外地流民，半夜還偷偷溜進他們鋪子裡睡覺。」

「把少爺叫回來！」

「你們不可能阻止！」偷偷羼在雞湯裡的打胎藥叫嬰初給打翻，她狂嘔膽汁心悸不止，連著病了好幾天，即醒時也一貫保持沉默。家人深感詫異不知該如何接下去動作。

何以一個平日溫巧的姑娘，不僅懷上個來路不明的孩子，還對家人使出這般蠻性，實在超出常理。嬰初她娘四處尋訪紫微卜卦、四柱八字，還找人來摸骨、看相、測字，各家說法總不外是紅顏遭妒劫數難逃，前世果報天理循環。這事也驚動到嬰初的外婆，老遠請來了收驚降邪的道士，哐哐嗆嗆鬧騰好半天，也瞧不出有何成效。嬰初祇任由周邊喧囂，一貫冷顏以對不驚不疑，眼神飄得老遠，彷佛在世局外。不論箇中原因爲何，嬰初的肚子可等不得這些，全家人急火燃心卻又束手無策。

一隻雞給偷了可以演繹成某家雞舍裡的雞全染上瘟病，更何況嬰初是個公眾人物，這款豔聞少不得在江邊村傳開來。農人指稱嬰初曾大清早一身白衣在橋上對他微笑，周身別滿了花朵。同學見過嬰初喃喃不停以驚人的記憶力背誦完上下兩巨冊《古今詩選》。先生也說這孩子美好得過了分，過分則不祥矣。風水師斷定她家祠堂的方位正好煞到七嫁橋，壞了嬰初的命格。巧不巧鄰村近里也陸續傳來幾件流民強暴閨女的新聞。

「這等樣的人物誰有臉皮染指？花幾吊錢能解決的事何必弄得人神共憤，欺負閨女得下地獄，剁掉那二兩命根肉。」

「關上家門的事誰看得見誰管得著？人家老爺年輕時到省城念書也花花風流過，欠下的幾筆帳弄不好就應在女兒身上，這一報還得可不輕鬆啊。」

「我看是那小子有問題，尤其一副盯著妹妹看的眼神，教人渾身起疙瘩，何況氣血正旺的年輕人，難保不會一時昏了頭。」

「七嫁橋那女人死不瞑目，嫁了七次也沒留個後，乾脆附在姑娘身上生個野種也成。說正格的，那個當爹的眞他媽祖上積德黯福不淺！」

「江邊村的水能流到外邊去？總歸就是肥水不落外人田嘛！」

「啐！你們這些男人沒肥到倒是給酸到了，淨在這兒說刻薄話。」

村民們忙著蒐集跟嬰初相關的材料，廣徵博採，你一言我一句誰也不缺席，就怕獨漏自己這條消息眞相會無法揭曉。縣城的小報還在角落刊了一小則地方新聞，標題曰：嬰自何方來，初懷少女身。

她哥後悔以前對嬰初過於保護，竟至她連女孩家最切身私密事都欠理解，他確信嬰初什麼都不懂，而不懂又任著一個男人對她胡來，簡直就愚蠢得可恥。每想及有男人竊佔她身子，行那齷齪下流至極的勾當，可以想像的空間就塞滿腦子令他作嘔，他無法坦然，也生不出一絲絲同情，甚至懷疑嬰初的沉默是要護著私通的野男人，但她應該連私通的意思都不懂，爲何還一味袒護？他故意當嬰初面剪碎她一件件白衣衫。

「這是給姑娘穿的，妳哪有臉再碰！」

驚懼在嬰初的眼窩裡溜轉，他直視著她，那雙澄淨的眼瞳，反映出他怒無可遏，不，那眼瞳太會作戲，打同一娘胎出生的親妹妹，虛長幾歲的自己卻根本就被她騙了，他錯認她一直是如此純潔完好，嬰初糟蹋了他的感情，髒污了他的付出，看見她一次不由更加深一次嫌惡。他沒有勇氣等待答案揭曉，不論是一個孩子或者孩子的爹，嬰初在他心裡已經死去，死得猥瑣難堪，他不允許過往的甜美回憶來將她借屍還魂，他要埋葬所有的嬰初。他毅然決定離家和幾個朋友到外省創業，寄來的家書絕口從不提她。

「實對妳說，娘年輕時也喜歡過人，也同別人有過感情，女孩家的心思我明白，妳坦白跟娘說，是不是在外邊談了戀愛？不拘對方是什麼條件，只要妳許的對象，我一定成全。」

「娘想哪兒去了。」

「不管是誰，這妳大了肚子，他一個男人總該出來說說話吧。」

「眞沒有這個人。」

「那肚子裡的種從何而來？天上掉下來的不成！」她氣不過用力拽了一下嬰初的頭髮。門第之內發生這等不光彩的醜事，等於間接指責她沒把女兒教好，一個兒子已經氣跑了，難不成連整個家都得一起陪葬？她說好說歹軟的硬的都試了，也沒能探出個究竟。

嬰初的完好猝然間結束了，等不及被安排個正當名目，許個門戶相當的人家，一朵花兒便殘了、臭了。與生俱來的質地以外，嬰初越大越長出個味兒，連她這個做母親的都講不明白，一樣一樣挑出來分析也沒啥，可女兒身上有個招引人注意的本事，不胭自豔，不濯自清，不言自明。但嬰初的美好被過分強調過分維護了，彷彿總應該有個不幸埋伏在後面，不然一齣戲便沒了個高潮，顯得過於淺淡而對應不住前面對女主角的鋪張。嬰初娘的怒火中燃著一種極異樣的幽微的喜悅，曖曖含光，於紛紛雜雜的念頭間流竄著，驚訝中藏著驚喜，然而她堅決不對自己承認。

數十個夜，書房裡，嬰初她爹沉思著。

他這一生，一如大多數人，功名利祿情感婚姻不好不壞地這麼過下來，直到有了嬰初，暗處忽生光，將他的人生照亮起來，角落裡那些污濁坑疤全都清爽了，女兒是他的光。他體驗到一種深刻而徹底的愛，父親對女兒無限付出的愛，連妻子有時都不大是滋味。

他心中活著一個理想女性典範，可生平所際遇過的女人沒一個符合，於是他將女兒朝著那個理想去教養，冀望嬰初把她們的不足全給補上。從他的眼光看過去，行止體貌詩書涵養嬰初無一令人失望。她是他心上的一塊肉，別人稍微碰一下，他即像自己被捏著似的疼；她軟語一聲爹，他即刻覺得幸福，沒什麼比這更值得的。

遲早嬰初會出嫁，那定然是一番徹底的割捨，可萬萬不該是這樣，將一個父親排除在外，未曾得到他的允許，鬼使神差把女兒從完貞處子偷渡爲有孕婦人。他感覺遭受到至大屈辱，心似被油煎刀剮一般。小嬰初怎會發生這種事，而事後竟又如此反應，到底哪一個環節出了差錯？一個他所體膚出的孩子，十多年生活在同一屋簷下，如何能夠一夕間變得他完全不瞭解？逾越過那痛的極端，他麻木了，嬰初不再是他的女兒，是一個女人，和所有女人一樣長滿了各式缺陷。

一片紛紛亂亂當中，李嫂的兒子玉石出面認下這件事。

趁著嬰初來向他討教功課，他便佔了嬰初便宜，因爲嬰初太善良太純潔，並不明白發生了什麼事，他又正逢假期到外地走了一趟，可現在事不宜遲……他犯下糊塗事不打緊，肚子裡的孩子卻不能沒個姓，他應該擔起責任迎娶嬰初進門，並會好好照顧母子倆一輩子。嬰初爹娘對玉石的「認罪」半信半疑，玉石一向是守禮本分的孩子，平日也瞧不出兩人有何逾禮私情。

「玉石哥我明白你想幫我，可這對你不公平。」

「幫妳不過是藉口，其實是因爲，因爲我……」玉石說不下去，紅脹起一張臉，交搓著雙手。

嬰初的心觸動了一下，自小便認識的玉石哥，總是那樣和煦溫文，他陽光般照亮一切的笑，他送她的《古今詩選》封底題著一首以她爲隱喻的詩，她躲在門後偷聽他與李嫂母子之間對話，期待著他會如何講起自己……欸，那些雲裡霧裡若有似無的小兒女情思——然而他這番表白遲了，嬰初想已經遲了。

「我無意利用大家都不好過的時機得到妳，祇要常常看見妳，替妳分擔愁苦，我就感到舒坦。我當這孩子是自己的，等學業一完成便去找個穩當差事……別、別擔心，我不會逾矩，也不會逼問孩子的父親是誰，眞的。」

「別再說下去，你實在太好了，但我不能嫁給你。」

「妳懷疑我的誠意？」

「不！不是的，我不知從何講起。」

「妳不說，我自是無從理解，也無從幫妳，如果還當我是玉石哥，就告訴我。」

玉石的眼睛裡面反映著她的心，她不想隱瞞這雙深情的眼睛，她已經扛得有些累，也或許有那麼一絲可能這雙眼睛會懂得她。

「嬰初，相信我。」

傳奇走到這裡，該是主段落，揭曉關鍵而重要而不尋常的情事，這決定了足不足以成爲傳奇的分量，無論在江邊村或者任一不見經傳之處，女人要擔得上這二字，事情得奇，奇得不尋常，不尋常又透著某種豔異的色彩，豔異得讓人驚讓人疑，這事便能傳下來。

嬰初許是這麼說的：一個夜裡，落著雨，吹著風，夜應該很深了，窗外卻傳出奇怪聲音，一陣、一陣、斷斷續續，我瞧簾子透著光，月色幽幽晃晃的，心裡有些沒著落，不知怎麼發著慌……一出家門，便見幾隻鴿子拍著翅膀驚飛起來，鴿子飛到火那邊，祠堂周圍燃著火，可奇了，同白日一樣明亮，我向著火光走過去，漸漸地，身子暖和起來，突然，一隻手握住我說——妳來，別怕——聲音從哪兒來的？像是從天上，也像我心底發出的，似乎正是我一直在等待著，然後在瞬間……地倒為天，天翻成地，天地移動起來，我暈過去了，風、雨、橋、鴿子、月亮、祠堂、火光、江水，一切的一切環繞著我，不停地轉圈、轉圈、轉圈……

「嬰初！——停下來！——別轉了！」玉石奔過去使勁定住她的身子，她像被降乩似的，失了魂竅，整個人搬演著她所講述的情節，那個離奇的夜晚。

嬰初緩緩睜開眼睛，神魂甫定：「你一定不相信，懷疑我瘋了，可我回到家，白襪子一點沒髒，夜裡明明下過雨路上應該很泥濘。」

「嬰初……」玉石試圖平靜自己，其實他震驚又慌亂，一時理不清嬰初究竟怎麼回事，唯一的念頭是不能讓嬰初再受到傷害了。「眼前有更迫切的問題，無論神仙托夢還是觀音送子，江邊村都不容許一個女人未嫁而懷有身孕。」

嬰初低首思索了一下，語氣更堅定：「從前大家讚賞我，然而我不明白自己，直到那個夜晚……這一切是天意。」

「天意？」玉石益發難受，這什麼鬼天意！

「打個商量，既然老天爺無所不知，一定會諒解妳的處境，我仍照計畫迎娶，妳並不算違背天意。」

「不！我不可能成爲另一個人的妻子。」

玉石不知該相信荒誕情節還是生理常識，該成全她所謂的天意，還是解決周圍現實的目光。而一串疑問不斷在他心中打轉：嬰初是受了什麼邪書還是歪人影響？她理解這一切麼？她能單獨承擔後果麼？還有——是否她眞說了實話？

「妳看著我。」玉石溫柔地將嬰初的臉托高，他希望能從那樣黑爍爍亮澄澄的眼瞳裡找到答案。

「妳眞相信自己所說的一切？」嬰初無言，神色離得很遠，像一個初生嬰童，空白而無意識。靜靜坐了好一會，表情於是百感交集起來，童話裡並沒有的，彷彿翻過一頁內容已從不著邊際的緲遠雲端走回複雜的現實人間，珠淚斷線般不住直流。那眼淚說明了她的誠實與委屈，也說明了誠實委屈之外另一些似有若無的什麼。

「我不再問了。」隨即將嬰初擁入懷，他的肩膀承擔了她的眼淚，她的柔若無稜，她的所有一切。

玉石大致轉述嬰初的說法，故意說：「這事可奇了，嬰初一點不像在扯謊，可能眞有什麼我們無法理解的事情，嬰初究竟並非平常人。」爹娘對這廂出自女兒口中的解釋仍然半信半疑，但他們比任何人都願意相信，都巴不得這是眞的，至少鬼啊神的可以救贖他們離開這個夢魘，荒誕不稽比閨房醜聞要來得容易接受些。對眞相他們不再求索，衷心感激玉石的情義，敬待玉石一如女婿。而李嫂也默許兒子迎娶的決定，她以爲嬰初不會說謊，可嬰初沒有能力理解一些事，自己都尚且是孩子怎麼生育另一個孩子？委實教人心疼。

祠堂裡的香火燃得更旺了，夙夜無歇底，夜晚也如同白日一樣明亮，不知是否千古年來第一回，一條江水被映照得似燃似燒，團團流動的火便在江面上煎滾，江邊村整個烘燥起來。村民無不熱心熱肺，齊相競往人家牆裡窺看，看是否能扒到什麼新聞。嬰初這事成了全村村民生活主題，人見面打招呼不問好麼？吃飽了？反而是挑挑眉毛問道：怎麼樣？嬰初那事怎麼樣了？

村長本著服務村民的精神要自家媳婦去一探虛實，平日她跟嬰初娘也熟，朋友家裡出事理所應當慰問，村長還特地差人抓了三隻野山雞給嬰初補身子。村長夫人果不負眾望攜回了玉石這條重要線索，而且將那個離奇的夜晚搬弄得更離奇，自此流言往三個版本發展，似江水一般悠悠無絕，反正流言無償，講錯了也不罰銀兩，各自還落地生根發展出枝節。

遠些、心地寬厚些的採信玉石的官方說法。雖說一起長大，畢竟下人的兒子跟小姐還是有階級差別，一個私心愛慕按捺不住，一個荳蔻年華情竇初開，雲雨過後生米熟飯，女方家不得不接受這樁婚事，爲此嬰初她哥還與玉石狠狠杖過一架，她哥傷了筋骨之外顏面也掛不住，所以才奔走他鄉。

稍微知情、世故些的則認爲孩子的爹另有其人。玉石一向老實，哪會做出這種醜事！嬰初是被人給玷污了，弄到肚子隆起才被發現，家裡唯恐醜事擴大，便趕緊私下塞錢給李嫂，要玉石做冤大頭當現成的爹。母子倆自來便受主子家照顧，祇好一口義氣頂下這件事，嬰初家不僅包辦迎娶儀式、孩子生養一切開銷，還應允將來會出錢讓玉石另外娶妾。

少數自以爲有見識的人斷定這事玄，肯定有蹊蹺，偷情不像偷情，偷生不算偷生。雖不比從前要沉潭、斷髮、穿耳，可終歸是醜事，怎麼沒聽聞嬰初被趕出家門玉石被嚴懲厲罰。而若嬰初被強暴，何不直接打胎？也不會弄得遠近皆知，更毋須找來玉石，一起歡天喜地迎接野種不成。子不語之事所在多有，那孩子的來歷詭怪玄異，隱約知悉嬰初本人說法的人也贊同這項推論，她家祖宗祠堂日日夜夜燃著香火可不正是在進行請神祭拜儀式，嬰初恐怕已脫凡胎，就像七嫁橋的女人從一縷冤魂變成了去路不明的娘娘神。這使得他們對嬰初生出一種特殊的敬畏，言辭收斂了不少，怕會引來惡靈上身，遭受天譴責罰。

因爲害喜嚴重，玉石一直隨侍在側，嬰初終日倦臥在床上，飲食無心，血色盡失，女童的圓臉削出輪廓，時常直著一雙眼喃喃低語：「昨晚我又夢見那個聲音對我說，妳來，別怕……」玉石沒聽清楚嬰初說什麼，他伏在桌案有些瞌著了，迷迷糊糊中好像也感到紗簾透著光，比月色濃，幽幽晃晃的。

蕙女

四面鏡子裡的彤播放著連續膠捲片，
一秒二十四格快速相連，連成不會停止的影像，
無止盡地將蕙女視覺暫留在這個旋轉之舞，
蕙女感到暈眩了，一陣反胃感湧到心口上——
這時，霧鄉的霧，籠上來，顯得更濃了。

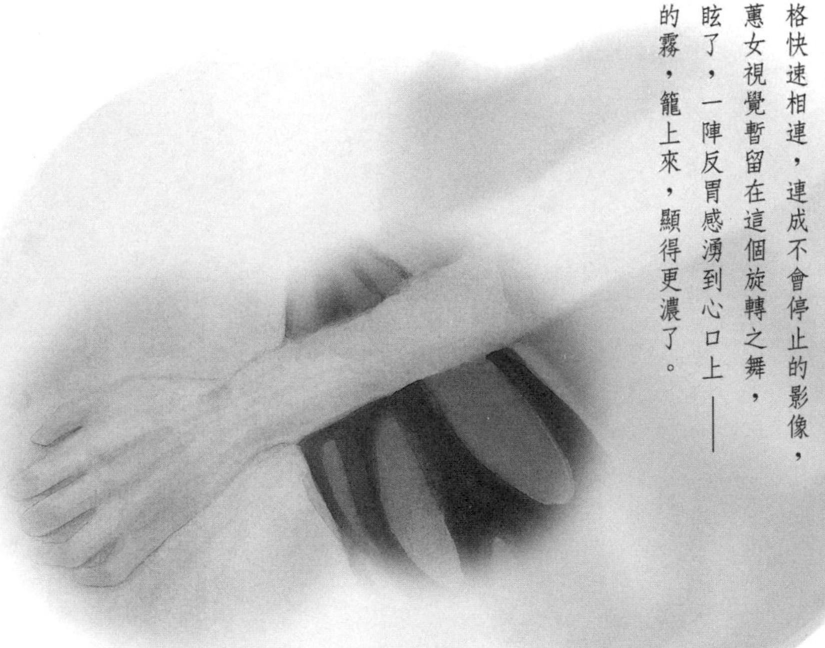

一

陽光來到這鄉，總被霧遮去一半，水氣濛著街尾巷頭，即令炎夏也祇以溫火慢燉，時間似被蒸潤了，遲遲疑疑拖著幾節拍子。

二

「彤，紅色那個意思。來時正好山裡起大霧，彤便決定留下來了。」被阿根一說起來，事情便帶著些傳奇的意味。

阿根來巴黎住他們家，聊到已近凌晨透白時分。常常是他在說，夫妻在聽。阿根不安平凡，也習慣大手大腳聲張自己的不凡。由於高中時便認識吧，他跟玉石實在不是一個世界的人，蕙女這麼想。主客當時便有個默契，日後定要一迎一訪阿根所言那個充滿霧的所在。

想來似乎遙遠，巴黎郊區那個朝夕相處的家，其實不過才兩個月前，蕙女隨同拿到博士學位的丈夫回到台灣。

三

蕙女主張先不處理一貨櫃運抵的東西，這天氣，人靜止不動都可以灼出一身汗，負笈異國多年，夫妻倆對台灣夏天已經失了對策；何況公婆正在鬧意見，也不宜同居一個屋簷下。阿根推銷此處「深夜還要蓋一條薄棉被」，他即將到歐洲自言是沒有目標的流浪，邀夫妻過來度假，「順便幫我澆花、掃地、餵餵野狗。」

「我從隔街剛搬過來，跟房東簽約是從下個月起算，所以屋裡到處堆著東西，一、兩年沒人住了，你們要先大掃除。」

「避暑嘛，不講究那些了。怎麼搬得這麼近？」

「大半個房子照不到太陽，東西都發霉了，新家這邊光線好多了。」

「房東那兒沒問題吧？」

「幾天都找不到房東，鑰匙在我這兒，你們先住下，我後天就飛了。」阿根撩起上衣吹涼露出肥圓的肚腩，「待會去吃客家粄條，下午再帶你們四處走走，晚上看那幫怪人湊不湊得出活動，這裡特產怪人。」

四

三樓一居一室空朗些，下面兩層樓多被家俬雜物佔滿，夫妻將輕簡行李靠在雙人床旁邊的小矮櫃，矮櫃正對著一架長身木鏡子，邊角有些剝落，鑲著古意回字紋，一層灰勾芡在上面瞧不眞確什麼。

這別墅依著山壁是最靠裡的一幢，房間採光不算頂好，山腳滿是草葉，一路的綠爬上土坡，形成綠簾子垂滿了窗戶。蕙女迎著風送，撩起觸到肩膀的頭髮，前面一排劉海飛往兩邊成燕尾，汗滴微微泛在她白淨額頭上，小巧菱形臉顯得更孩童氣。玉石半身躺在雙人床，深呼吸一口，蹙著五官隨即又鬆弛，腳一邊還在床下踢晃著，心情看來不錯。她欺身過去，以指腹輕柔地旋著丈夫的太陽穴。

隔壁的起居室放著一張搖椅與一個扶手沙發，搖椅坐起來吱吱唉唉，沙發與窗簾相同花色，橘紅舊掉了變成攪過水泥的磚頭色。聽說之前住的是房東父母，老先生久病過世之後老太太才搬回市區與兒孫同住，之前從未租過人，是阿根積極聯絡合約才簽上的。

起居室門外還腹抱一方陽台，有如懸著的甲板，底下一條碎石子路斜斜向下流去，更遠低處散落著一塊塊橡皮擦似的石綿瓦屋頂。

五

傍晚，整座樓房浸在落日的水紅顏色裡。阿根拾起後院落下的雞蛋花擺在蓄水的陶盤中，白瓣黃芯漾於水面，陶盤提手上插著一支線香，兩尺長的木桌詩意起來。

玉石遞給阿根一條菸：「你指定要的Gitan。」

阿根菸抽得很凶，那次他來訪之後，蕙女咳了兩星期。雖然巴黎常見人手一支菸，總不會從外面跟到家裡來。玉石自有印象阿根就一直嚷著減肥，勸不得他戒菸，「菸一停體重就來」，阿根自嘲要不得肺癌要不就胖死。

「法國工人都抽這個？跟新樂園同款。」阿根拆開菸盒，用線香頭點菸。

「聽說英國有一種最貴的菸，黑色的，一支要台幣六十塊。」玉石搖搖頭表示不清楚，蕙女站到窗邊，避開菸味混著線香味。

「還有祕魯的菸跟Wasabi一樣，讚！……菸是抽不完啦。」

彷彿前後任裝潢師剛交接，兩種風格一起擠在客廳，但屬於阿根的與房東的絕不相混，前者處在古物與廢棄物之間，後者流露出土豪階級品味。整個家處在待整狀態，日用品張冠李戴要用得四處翻搜，阿根倒是先張羅好一些「氣氛」專屬品，顯然對生活有一搭沒一搭，玩心大於實際。

「這些燭台也在峇里島買的？」

「有幾個是在西藏。其實我大部分東西都是撿的。」

窗台上散著乾枯刀豆、松果、陶笛、石頭、貝殼、長短形狀不一的玻璃瓶，蕙女提起皮影戲偶，偶的側面身軀扭弄一如古印度舞者。兩個男人合作將幾盞燈吊起來，一式都是將不規則的鐵片銲在一起，歪扭曲折之間鑲著彩色透明的玻

璃；阿根黑胖身形與玉石對比起來，猶如那些鐵皮燈，充滿不協調的趣味

鐵皮燈是阿根向一個朋友買的，「一般人要，他也不一定賣，去年在高美館辦過聯展。」玉石笑言這裡可以開咖啡館或擺顆水晶球算命。

六

數天以後，夫妻行路間巧遇做燈人，初見他是在烤火會上，所有人喚他大山。他帶夫妻爬到霧鄉最高處，沿途相談甚歡，然而沒待多久便下了山，因爲隔天玉石要上台北，爲了面試一個博士後研究職位。

說起那些燈，大山說是請一位素人師傅設計圖案，他沿著圖案的線條在鐵皮上一釘一釘敲出來的，他喜歡做一些重複的事，比如走很遠的路，比如割稻，比如臨同一副字帖，「重複可以讓人專心思考」，燈上面那一個個孔洞就是他心裡要講的話。

七

阿根嫌屋裡悶，說熱氣要到半夜才完全散掉，三人便去爬後山茶園，繞一條小徑攀過山背，一路野生任長的樹木交雜虯錯，連枝到一處又各自分擘，泌出的香氛散發在空氣中，蕙女稍落後貪戀著聞味。植物生得森密，身上的熱汗都清涼起來，不多久，茶園即在望，跨越幾公頃的茶園一眼望不見盡頭，遙遙夕陽落山處才輪廓出個邊際。

「慈濟買下來茶園禁止開發，這樣最好——幹！每年一次觀光季這裡就被強暴一次。」

幾步外見一女子席地打坐，周身團簇著夕陽的火橙顏色，臉龐剛好被遮到暗處看不清楚，阿根疾步趨前打招呼；彤，紅色那個意思，阿根口中的怪人之一。從某種意義上來說，蕙女是帶著對這名字主人的好奇來到這充滿霧的鄉鎮。

她沒起身，三人便以高就低，她端詳著夫妻聯袂走來。

「我朋友，剛從國外回來。」

彤的眼光流轉於丈夫，再移往妻子，看出個意思似的：「妳不好畫，可以試試看，哪天到我工作室。」蕙女怦然，希望說的不是客套話，彤說起話帶著閩語腔，鼻翼撲上的幾點雀斑也會隨之昭顯，但都不及她的小平頭來得吸引人。「別拖，就這兩天。」玉石摟摟妻子的肩膀，笑了，得意自家女人被欣賞也同時表明他作爲丈夫的存在。

阿根向彤討了個順水人情，彤一呼百應果眞是夜就辦出個烤火會，各路人馬萍水聚逢，薪火不絕直直折騰到凌晨三、四點，阿根才以明早要趕飛機爲由拉著夫妻先行告退。

八

蕙女會認床，於陌地往往睡不安穩，而晚會的火苗似未摁熄，心湖一片蔓草延燒下去，春風吹又生。她試著捕捉一些什麼氣味，近過身去依著丈夫，越去聞味，越發聞不得，整晚不絕的驅蚊燃香作祟？皮膚浸在那裡一段時間，便抽不掉屬於那香味的記憶。霧、陽光、雞蛋花、茶園、火、怪人……一天裡發生太多事太多氣味襲來，漫成一片，記憶的線索便各自走成迷宮，理不清楚。

九

蕙女如醉般醒來意識朦朧，蟬鳴、鳥囀以及誰正喊著誰說話，由於安靜顯得特別清楚，三樓起居室篩進遍地金黃陽光，明亮如洗。她推開紗門赤腳走到陽台邊，腰貼著瓷瓶形狀的雕欄向下張望，柏油路打過蠟似的亮花花，群狗各據一方陰影，玉石車子已經開走了。

不意間在疊山之間看見一尊佛，仙容正大，拈指微笑的側面，奇怪自己這才發現。

頭腦虛飄飄下樓來，廚房流理台水漬尚未全乾映著後院竹叢森森，葡萄藤攀爬於花架，像雕了一圈龍紋，曬衣繩上鄰居的內衣褲溜過這邊來。腳後跟奇癢，近覷才發現圍了一圈紅疔點，昨晚烤火大會被蚊蟲咬的，渾然未覺；群怪都聚齊了，太奪人耳目。

以夢為喻，未免不周全，現實更遠於、更甚於，夢追不上。

庭埕中間用石塊砌出火脈，熊熊火舌舐著天空，大山負責往火裡丟木條，火光便妖嬈起舞，豔絕！大山骨架一如印第安民族，匀黑肌膚，線條端闊，跟誰說話都堅定自在。人言大山走路可以走一整天，作品落款爲「行者」，約會用腳程計算比準時的。大山跟徒弟搶科學麵，還模仿女高音尖叫。大山話不多，但一站出來就有戲……

「醒了？另一家粄條吃吃看。」

「去送阿根？……也不叫我。」

「十一點的飛機，妳還在睡嘛。妳記不記得昨晚那個仙姑？」

「我們有聊天。」

「她也一起去機場，兩人之間很像……」

「我餓了。」蕙女強勢轉移話題，透出不被告知的輕微不滿。

玉石摳開尼龍繩，「這種紅白塑膠袋眞是台灣特產。」兩碗熱騰騰粄條、一盤滷味、一瓶冰台啤。

「喝果汁？」她點頭，玉石轉身開冰箱。

「阿根和仙姑怎樣？」

「就是覺得有點怪，我也說不清楚。」

「烤火會上沒聽說她要送機，而且仙姑是大山還是誰的朋友，好像也不常來這裡。」

「我們阿根是多情種嘛，一晚上時間也夠。」

「你小心，仙姑會通靈。」

不知什麼引起的，群狗又厲聲吠起來，卯足勁像要喝退敵人，這區養的狗規定好似的每一隻都全身黑，連瞳孔、嘴唇、鼻心都嵌進黑色裡，飼主大概根據項圈顏色叫喊狗名。生人一走近總會被恫嚇，郵差天天送信也不算生面孔，照樣給熱吠一通。

「仙姑說我是靈媒體質，一定要去她那邊看看。」

「她那裡開車要半個多鐘頭。」蕙女定然望著玉石，以眼神示意還是要玉石載她去。

「平常她還開藝品店做生意。」

「看得出來，一般不會有人穿得那樣，好像民初劇。」

「都是她自己設計的，你剛剛送她到家？」

「沒有，她說放她在火車站。」

仙姑生得素淨，年過四十不見皺紋斑點，尖尖鼻梁一筆連到人中，嘴唇極薄，出來的聲音卻甜細細，黛眉黛眼說不出一種世外的況味，還有一頭不符合年齡的長髮，都觸到臀部下圍了，厚重如墨盤，飛揚如噴瀑。跟她談話很容易分神注意話以外的內容。

蕙女心裡響起她那句話：「妳的質很純，接近自己的本性，如果走靈修的路線很快就通。」

剩下三分之一肉湯摻粄條，蕙女吃不下推到丈夫面前。

十

蕙女看見自己，在國外的街道走著，她覺得似曾相識，童年或者什麼時候已經來過。想想又不對，這是在國外，整條街都是歐洲風格的建築，可她幾乎確定曾經來過，心裡很驚慌，不停走著，不得不走著，越走著越疑惑，越疑惑越走著。

很淡的惡夢，醒來她想著這夢，理解又不理解。

自然會先想到巴黎的家，異國的生活，寂寞？無聊？都不是，就算她在台灣也一樣，大把的時間無謂地耗著，到哪裡同樣都生活在一張棋盤上，她被誰推著前進幾步，後退幾步，在已經繪好的白紙黑線上面移動著。

十一

阿根一走，夫妻先得把房子整頓到舒適程度。按主人意思一樓盡量簡單，玉石將電視、錄影機、一大箱影片搬到三樓，再將若干矮櫥、紙箱搬到二樓套房，那裡疊著房東的整套紅檜木家具阿根嫌俗說當儲藏室。至於二樓另間客房則規劃成工作室，放了畫具、顏料、攝影機、相機、廢五金、土泥、各種材料等，牆壁靠著一幅背過身的畫，濃烈油彩堆上去，像似男女性器彼此嚴重刺擊而碎裂流散，落款爲「獨木」，蕙女覺得老套又做作，將畫翻轉回去。

浴室極爲講究，松木刨成的大木桶浴缸，旁邊同套一式小木桶裡滿是滑石、泡澡球、浴鹽、溫泉泥、各款手工肥皂、不同品牌不同功能的植物精油，蕙女覺得驚訝，想想阿根胖歸胖，倒是一身乾乾淨淨的。扇形窗戶底邊放著銅雕香爐，煙從歡喜佛的口中吐出，男女上下接合的體位，窗玻璃上還掛著阿根上半身的X光片，肋骨根根分明。

阿根不事正職，光吃他爸遺產的銀行利息，高興就做些東西，賣不賣也不在意，生活花費卻不因此寒傖，七、八雙Yamamoto黑鞋款式幾乎無差，喝千元一百克有機咖啡，比人高的中醫藥櫃抽屜一拉開滿滿CD片分門別類，一套音響前後雙喇叭擴大機配備齊全。

蕙女整理得累了，貓在沙發靠枕堆裡，隨意翻出一張音樂，異語言女聲喃喃歌吟著，帶點嗔癡，嬰童般清潔無辜，音響效果縈於耳畔讓人恍若置身那個不知所云的迷離所在。

十二

隔壁的阿蔡伯抗議阿根移植過多竹子會引蛇來，一副要是你不能作主爲了生命安全我們動手也成，玉石只好砍了大部分只留三、兩枝等主人回來憑弔。蕙女睡了個把鐘頭，沒睡飽反倒頭腦熱脹脹的，她站起身暈了幾秒，CD音樂已經到底，音響開關兀自亮著。

玉石順手將野草一併割除，院裡散發一股鮮郁草味，他就是這樣，喜歡動手勞動，所以跟他吵不起來，在巴黎兩人苗頭一不對，他便去游泳跑步騎腳踏車消耗體能。

「這裡濕氣重，阿根說有蛇，紗門不要忘記關。」一隻黑狗踱過來喝水，桃紅色舌頭舔進一大缸浮萍水芙蓉，這裡很時興，店家門口往往擺著這個一缸增添雅趣，蕙女甚覺好看。

十三

「怎麼？」蕙女側著頭問，剛洗完澡從二樓浴室走上來，見玉石杵在那兒滿臉有話說。

「浴室會漏水。」玉石一邊反扣起居室的紗門，隔壁只要一隻腳就可以跨到這邊陽台來。

「怎麼我沒感覺，你確定？」

「一樓地上濕濕的，天花板一直在滴水，剛好就是二樓浴室的位置。」

「很嚴重？」

「反正我已經搬開鞋櫃用盆子接水。阿根大概不曉得，那間浴室根本不能洗澡，只能用一樓那間。」

「眞可惜，想等月經結束可以在木桶裡泡澡。」

「還不都一樣，反正熱水器有點故障，夏天沖冷水澡才過癮。」玉石閉上眼睛哈了口氣很快地便進入睡眠。

蕙女用頭巾包著濡濕的頭髮，耳縫還殘餘水滴癢嘶嘶，雖然整理了房子一天，可倦意似乎都被剛剛的半冷水澡沖醒了。

她到一樓放下兩扇落地窗的窗簾，興致一來便將吊著的鐵皮燈全點起來，涼風一起，藍的光、紅的光、白的光如繁星搖曳圍著客廳繞轉。

庭院傳來人聲笑語，一束手電筒強光不知照著什麼，好幾顆頭全聚在土坡上晃動。

說起來眞怪，這裡「客人」往往不請自來，下午斜倚在布枕上發呆，一個小男孩問也不問逕自就入內，問找誰一語不應，前門穿後院懷裡揣著個小足球就慢慢賞看過去。眞是的，雖她跟玉石是作客，但總還是半個主人。她很不喜歡這種不被事先告知的拜訪行爲，在巴黎晚上十點以後是不宜打電話給別人的。

十四

換過衣服、吹乾頭髮的蕙女對鄰居阿蔡姨阿蔡伯微微頷首，他們種的火龍果開花了，開到這邊院落裡來，透過唯一的手電筒光束看那花，張致如牡丹，清豔如曇花。但蕙女不免還是心裡嘀咕，其他不知是誰，一堆人半夜跑到人家院子裡看花。

有張臉回頭對她一笑，她見過，在烤火會，妖魅而近乎男女相不分，一晚抱著吉他吼著「山鬼歌」，無歌無詞隨編曲調，高亢入霄。彤損他因爲記不住歌詞就亂唱：「獨木，你二鍋頭喝多了喔！今晚唱得特別賣力。」又附在蕙女耳邊莫名其妙加了句：「小心，他很風流喔。」

稍前蕙女在廚房看著大山和徒弟合作煮雜燴湯，石灶上滾著一大鍋，不講究搭配拿著什麼就往裡丟，一股菜葉清香撲鼻，她覺得這樣亂加亦很痛快，稍轉身才發現身後佇著一雙眼睛，那眼睛是說：哪裡來的？妳——妳値得我這樣好奇。

烤火會上那雙獨木的眼睛，竟出現在深夜的火龍果花開的院落，蕙女光想著沒來得及回應他的笑。彤隨即也打了聲招呼，好幾圈銀絲手環叮叮琮琮，說是剛剛才結束表演大家就走到佛寺這邊來。

十五

車子繞著山路轉過好幾圈，草木深深，空氣濕重濃厚起來，霧揚起若一張迷失的帆。幸而阿根識途，還順便介紹途中經過的零星三、兩人家，這主人做雕刻的、那戶是對老夫妻先生以前留德、這家族開過蔗糖廠發了筆財被不肖子孫敗光，再就一路直開到一處荒僻的三合院。

人聲云云，燃著零星火光，黑色簾幕之後，似乎埋伏著一場神祕的降靈會。

一時半刻人聲與火光便都熱烈起來，院落中央的稻埕上用磚頭砌出火圍，木材堆了有半層樓高，火舌便沿著柴堆越爬越高彷彿想去舐咬夜空。臨時搭湊出的長桌椅凳圍繞著火光，人的表情被打上舞台光似底強調出來，濃霧早已被火光融去。這些人或者素昧平生，也有相識超過半生，像跳輪舞般，幾個組成臨時小集團，不久又散了再組另個，彼與此都輪得上機會交談。

夜的暗與酒的烈催化了禮貌距離，這些人原本就追求一種不拘的自由，沖犯禮俗的放曠，但其中也不乏刻意作態之流。除了以各種媒材創作的藝術家，即使啥事不做，在這兒，那也是另一類生活藝術家。當然，他們都拒絕「藝術家」這個欲雅反俗欲潔反濁的階級稱謂。

彤赤腳往來奔走，全身黑背心黑紗燈籠褲，一顆天眼石繫在喉心，手套了數圈銀鍊，腳踝繫條紅繩，抹亮平頭，像即將跨過奈河橋的女尼，有種異質的奪目的美，雖她談不上漂亮。彤幾乎是聚會的中心，拉來了不少朋友，據說每回她找來的面孔都不大一樣，除了五湖四海相交天下也有不少是學員，她開設個人工作室教授畫畫、舞蹈、靈修，還到處接些咖啡館、藝展的表演Case。

她拉仙姑到一旁介紹幾個朋友，仙姑靜多了，比較多是彤的聲音和動作，彤黑瘦野性，仙姑渾白豐盈；彤張揚風致，仙姑端凝隱微；彤是大地上的印度舞女郎，仙姑是等待冥婚的新娘，但蕙女總有一種她們兩個是一類人，一體兩面的錯覺。

這場聚會將蕙女置諸於另一世界，好像自己在國外那些年錯過了一些事，一些塵外、殊異、而眞正值得的事。

聽誰說話，蕙女都覺得有趣，當人家反過來問她旅居國外的種種，她便感到心虛，日子其實平淡衹不過背景在巴黎，一則多言怕講成了旅遊報導，二則她比較算是「伴讀」性質，申請念過兒童心理、博物館學都沒拿到學位。心底升起一種莫名自卑的情緒，蕙女不明白，完全沒必要的。

他們夫妻在生熟人群當中多少有些特殊，原因在於他們的「正常」與「規矩」，與會者沒一個學歷高於大學、也沒一對有婚姻關係；正常與規矩的另一種解釋就是欠缺風格。玉石帶著距離看待這群人，如同面對異國風情，有機會遇到就欣賞一番，不同意的觀點既不爭辯也不放在心上，這一切不過是萍水相逢，他清楚自己的人生，專注於學術世界使他不曾徹底懷疑過，自己的人生沒有喪失過準確，連不準確都在計算之內。

一對男女最早離開，兩人都赤著腳以簪綰著髮，他們奉行早睡早起的山居修行生活，打坐、砍柴、種菜、自耕自織、擊鼓唱歌、讀書畫畫，是眾人口中的模範同修。

獨木：「辦這種聚會就是在做功德，平常大家各自忙，其實都寂寞。」隨意撥著吉他弦，甩甩幾綹髮絲，他清楚自己的帥氣漂亮，這種清楚便成爲習慣，隨時要吸攝住女人目光的習慣。在廚房裡的那一眼相望，彤附在耳邊提醒她小心，弄得蕙女心裡有點疙疙絆絆，刻意離他遠些。

古厝四周漫生的草有半人高，茫茫一片草海望不見止處，獨木的「山鬼歌」發揮酒精效應，來客一個個倒下，埋身在如床墊的草堆裡。蕙女仰天數起星星，數不完似的，一爍一閃競相冒出來，原來夜空可以鑲著如此繁多的星子，這才是自己的土地吧，即使多年來她都覺得在國外是一種「安身」，隔絕掉台灣瑣繁的事務，空空白白地活著。草間的露水撫著她的面頰，濡濡癢癢的，看不見其他人，不知丈夫鑽到哪一處了。

翌日醒來，若再也尋不回火光的所在，此夜其實是發生在聊齋裡離奇而不能作數的一章，並不會太使人驚異。

十六

自彼日不意間見佛，側相，一筆勾勒到底，如雲端出，蕙女夜眠即不閉房門，於枕榻間醒來即可見到，即見即喜。

那座寺院離家不過十分鐘腳程，晚餐之後夫妻散步過去，不見僧人，仔細才聽聞低低喃喃晚課聲，廟中燃著幾莖燭火，燒完了一天便是到盡。幽幽燭光淡映出旁邊一座高塔，一格一格抽屜似疊上去，燭光照不到的大半躲在暗處，塔內也許置有骨灰罈。邊角一處微型山水庭台，蓮花佇於水中央，不知何故，跟「出淤泥不染」聯想不起來反而帶著表演意味。

玉石左右拉弓舒展著身體，鄰處傳來兒童追逐笑聲、誰家的菜飯香味、電視機播報新聞，很日常的一刻，但彷彿這一刻才安家落戶，蕙女心思很靜，兩人絮絮叨叨說著這裡一些人事，白天還巧合遇見大山……

晚上太暗，她懷疑自己確切看見那尊佛像，還是憑記憶辨識出。幾夜了，她依然睡不穩妥，輾轉依到玉石身畔，稍被觸動他就磨起牙，齜齜咧咧，他的體味混合著沐浴乳，跟他人一樣正直舒爽，一切她是那樣熟悉。明天丈夫得上台北面試。

輕聲帶上房門，翻撥箱子裡好幾排錄影帶，比她想像的更琳瑯滿目，最底下是異色一類的「校園放課後之凌辱」「人間廢業」「郵便天使」……蹲得腿都痠麻了。蕙女拉嚴起居室窗簾，按下靜音播放，三段式影片女主角分別和三個不同男人做愛，無字幕，性器官被淺淺打上馬賽克。女人弓著身體，奇醜凸肚男在女人後面來回撞擊，她想起初戀情人。

他是從小受洗的虔誠天主教徒，國中被同學找去看A片男女體位如公狗母狗交媾，難過到無法接受竟萌生要自殺的悔悟感覺。出國前幾年已經失去聯繫，大概成家立業了，她記得當時他手心覆在額頭上深深不可置信的模樣，蕙女亦很錯愕，無緣無故跟她說這樁事，那時有些什麼太莊重的東西梗在腦子裡，聽得她極不樂意。他們的身體在臨界點之前煞住，絲毫不困難，誰一陣子沒聯絡誰便分手了。

後來幾次戀愛，一次比一次更多了些什麼，少了些什麼；多的是經驗與策略，少的是熱烈與幻想。因爲有把握玉石是好男人，他愛她比較多，玉石又考上公費留學，家人反對沒名分跟著去，就這樣嫁了。

蕙女交疊著雙腿，向中間緊縮著，一股一股熱流朝她漲上來，雙手上下動作，搖椅發出輕微的吱軋聲，她讓自己靈肉合一，暢快與憂傷淹沒了所有知覺。

十七

依稀祇出現一丁點人影時，蕙女即知那是行者大山。

仍穿著那夜的陸軍汗衫半長牛仔褲，然而陽光下的他顯得更精神，五官各自清楚坐落，眼神煥煥，可見他黑並不是天暗的錯覺，猶如印第安部落首領四處巡察疆土而曬出那樣耀亮均勻膚色，果不負行者之名。見大山手上拿了本農民曆，問他怎麼隨身攜帶。

「聽說裡面有解夢的。」

「你要給自己解夢？」大山搖搖頭，「有書就拿起來念。」

夫妻跟著大山前進，「到慈濟茶園？」

「不是，更高、更裡面。」隨之就岔到另一條小徑，大山腳步穩健，不疾不徐，還自自然然哼幾個調子，瞧蕙女走得有些喘往耳際兩邊搧風，「熱嗎？」大山即刻以河洛話吟起詩來：月落烏啼霜滿天，江楓漁火對愁眠，姑蘇城外寒山寺，夜半鐘聲到客船。語調鏗鏘帶著一股劍氣，國中學過的課文彷彿這一刻才讓她懂得。大山念畢正經地朝她問：「有涼嘸？」蕙女大笑。

大山說起朋友在南投幫忙災區重建辦了個讀書會，問玉石有無意願去做一場演講。又和玉石聊起當兵的話題，待遇天差地遠，玉石在中科院每天搭交通車上下班坐辦公室處理公文；大山在金門當預官，退伍前幾月的職務變成到茶室找回士官長，裡面的小姐要他進來啊、進來找嘛，他講起這種事情表情不動如山，更招人發笑。

爬了一個多小時，見山壁篆刻著「端虹」，大山解釋以前這裡蝴蝶飛得滿坑滿谷現在祇剩三、兩隻，端虹是蝴蝶的別名。再爬百來個石階走一段泥土甬道，原來山上有家茶藝館，搭了幾個各具特色的草棚涼亭，三人走到臨山崖最高的亭子，盡覽霧鄉景色，正與那座大佛遙遙相望。蕙女恍然明白，每天出入都見著那方遠山迷著一團霧即是此處，她原想像那裡必定極遠極高，或許屬於另一個鄉鎮，她且從未見霧散去過，彷彿終年積雪不化。

不見人招呼，玉石問：「要自己去點茶？」

「不用，我們坐坐就好，這裡茶不好又貴，自己帶茶照樣收場地費。」

時黃昏，日正金光，絲毫不凌厲，如豐收稻穗鋪滿了整個大地曬場。那光落在大山的側面輪廓，額際到下巴映出一道稜線，山的綠作底，稜線漸次底與那移動中的金黃色光交融一起，大山便是光。

十八

隔夜接到電話蕙女的心搐跳了一下，非喜而是驚，怎麼獨木時間掐得那麼準，上午丈夫才剛離開，直接想到他是聽大山剛好講起……蕙女答應如約前往，當下又擔心獨木誤會了她的意思。

十九

蕙女回過家一趟，整理自己一些舊物，當初為了出國才匆匆結婚的，很多東西都還放在娘家，中間幾次回國也沒去理會。若干物件她完全忘記了還在，忘記了曾經存在：國中學生證、書香園之友、電影資料館會員證、維多利亞高級皮鞋折扣卡、民族風服裝剪報……蕙女自己製作著色的歷年奧斯卡最佳女主角介紹、英文片語記憶卡、李商隱詩句卡……還有她一盒寶貝箱，童年時便喜歡蒐集比一切實物小的東西：一雙藍底繡金的小木屐、小鋼珠算盤、樹幹紋小杯子、一副迷你撲克牌……

並非出於不捨，沒有丟那是因爲不特別知覺到，也就沒有丟棄的必要。而這麼多年過去這些東西竟然都還在，蕙女感覺到一種時間的浪費，她活得太靜了，無論是環境或者她自己本身。她又奇怪自己這感覺。

二十

「明天有事？」蕙女對著獨木搖搖頭。

「沒事就多留一會嘛。」大山的徒弟一旁幫腔。

「我不習慣晚睡，還要整理一下家裡……太晚也不方便。」

「不用擔心，再晚我們都會送妳安全到家，這裡祇聽過偷東西，沒聽過偷人的。」

今晚赴會原以爲彤、大山那幫人都在，豈料其他朋友指的是大山的徒弟，而且約在獨木所謂前女友的茶藝館裡。不知這個「前」所代表的意義爲何，入口玄關處架著一件麻蓑衣上面寫著獨木的個人簡介、歷年得獎經歷，以及一張他長髮半遮面黑白獨照。整間茶藝館都由獨木所設計，裝飾擺設的全是他的作品，供人翻閱的書籍雜誌不是書首署名給吾友獨木，就是一些建築、美術、人文雜誌專訪獨木。

都是聽獨木在講，文藝調調夾雜三、兩句粗罵，烈酒香菸不離口，他的一切是那麼刻意的要隨意，阿根雖也有點這毛病，可不如獨木如此淋漓徹底，蕙女想起二樓那幅做作的討厭的畫。大山的徒弟話不多，偶爾接一下腔，替大家斟酒，高中畢業從南部上來學手藝活，比起獨木是實在得多。

唯一引起蕙女興趣的是聊天當中掉落的一些八卦，大山徒弟其實是他前妻的表弟，而仙姑就是大山的前妻，大山和彤有過學長學妹的關係，藝專時代曾是對戀人。

「大山挺特別的。」蕙女順口這麼一句。

獨木乾盡一杯酒：「大山人不錯喔，比我帥！」蕙女只好微笑掩飾尷尬。

「仙姑就是愛普渡眾生嘛，來者不拒，要大山怎麼做人？」獨木推推蕙女的手肘，「妳跟妳家那口子是眞的有結婚還是做夥而已？」「做夥」那個閩語詞發得特別輕狎。

「有領結婚證書。」蕙女硬生生回答。

「沒差啦，男女關係就像搭計程車一樣，隨招隨上。」蕙女的不舒服擴大了，自己幹嘛坐在這裡任人調侃。

大山徒弟低聲說：「別介意，他其實不是那個意思。」

獨木轉身走向櫃台，取下一組咖啡杯盤，「喝杯咖啡再走。」

「我不能喝，喝了會睡不著。」

「我是看人煮，不管誰來，看不順眼就叫小妹去泡。」

大山徒弟笑說：「他是專家喔，還差點要在陽明山上開咖啡館。」

獨木細心調弄著咖啡，蒸餾出黑色濃液的香味蓋過燒竄在胃液裡的酒精。半夜一點喝純咖啡，好像預備聊通宵似的，蕙女將屬於自己的那杯推到前方，再次強調自己不能喝。

「不喝那就聽完閉幕曲再走。」蕙女很無奈，怎麼走個人那麼困難。又是那一類的「標準」音樂，這裡藝術圈內人的流行音樂就是強調不流行、聽不出國籍、沾點迷離恍惚空靈況味。「鮮」事遇到第二次便跟國歌、制服、名模一樣，指標性明顯，卻無意境可言。

獨木前女友一露面，蕙女即想起那天在烤火會上她們一起被仙姑催眠，想必對方也認出蕙女，眼神透露著疑問——妳一個人怎會在這兒？獨木沒太搭理她，她要獨木明天別出門幫忙看店，然後跟兩位客人點點頭挑了本書便轉身上樓。

蕙女不解為什麼獨木找上她，她已非尋夢的青春少女，難道還會輕易被他藝術家的「外殼」迷惑麼？他這般軟性「監禁」實在讓她不舒服，益發地坐立難安。

「別急啦，今天才知道妳的底，烤火會那時還以為妳很好玩，不過就是那樣的人嘛。妳大概一直念女校，上大學初戀然後就嫁給第一個男人……甲好！有妳安咧古意的查某！」

蕙女心想：我的底？連我自己都不知道我的底了，莫名其妙。她站起身語氣堅定到不容商量：「我要回去休息。」

夜涼風送，時已初秋，她卻覺得正在經歷好疲憊的夏天，有輛半舊的載貨大卡車後半截身子空盪盪，開在山路上會震出鐵塊相擊的聲音，像酒咁倘賣無拖拖拉拉的。該打電話問玉石面試結果如何，他一定打過但一直沒人接，她想還是明天起床再問。

二十一

身體之上竟有振翅聲音，蝴蝶？麻雀？飛禽不斷繞室盤旋，擾得蕙女心悸，扭開燈一看從未見過這等活物！比蝴蝶大，比麻雀瘦長，枕頭用力丟過去，回字紋長身鏡晃了晃，模糊映出一張憂怒交加的臉。突然間意會到什麼，蕙女抓起被子立刻衝到一樓，將所有鐵皮燈點上，連廚房、廁所、前後院過道的燈都摁亮，要用燈火通明來防堵嗜黑的——蝙蝠——飛下來。她將身子蓋嚴蜷縮在沙發上，撐大眼睛豎起耳朵注意周邊動靜，備戰狀態更加深她的疲憊，僵持沒多久，便一夜無夢睡過去了。

翌日將三樓門窗全部敞開，怯生生地拿支掃帚撥動窗簾與角落暗處，碎裂的窗簾布掉落一地，她吃了一驚，完全不見蝙蝠蹤影，這也合理，陽光遍照牠能躲哪裡？一樓整夜光明道理相通。所以二樓嫌疑最重，她趕緊將二樓所有房門關上，她想像蝙蝠正倒掛在儲藏室的紅檜木家具間、阿根工作室的材料堆，或者那間漏水的浴室，醜怪的倒立的五官渾身發著濕臭黑黴。

蝙蝠未再出現，蕙女卻一直感覺牠埋伏在某一處，玉石再度回到霧鄉之前，夜晚她都睡在沙發上，徹夜讓一樓燈火通明。

她不瞭解蝙蝠，生物從高二分到社會組就不曾碰過，蝙蝠是離她生活很遠的怪物，爲什麼蝙蝠會咬窗簾布？看起來就像是沙發一個邊角被剝下來，髒髒的長過蟲一般的碎肉屑。

二十二

仙姑回答誰說現在就可以試試。

仙姑、彤、幾個女人圍在一起，蕙女前言沒聽見，並不知道「試」什麼，她很好奇於是跟了進去。

竹簾後面是一間廂房，幾乎空著，衹放了一套八仙桌椅，還有一些泥石、坯土、磨刀、陶瓷半成品，夜晚看不明確，但會令人直覺這房裡是灰白色的，空洞而颯涼，外面的火光進不來。仙姑面對大家坐著，要她們輕鬆隨意，「衹不過把妳們心中的想法透過我再告訴妳們自己一次。」大家順著仙姑的話將眼睛閉上，一陣寂靜之後，這廂房，彷彿跟烤火會的熱鬧隔了一世之遙……

——「緩慢地深呼吸……」

——「把一切念頭放下……」

——「把心放下……」

——「慢慢地數息，數著自己的呼吸，一、二、三……」

——「當我數到一，妳就會進入另一個世界，十、九、八、七……」

她奮力搥打著，耳朵裡灌進她自己的嘶喊聲，獨木把她關起來。她要離開，他挽留，她堅持要離開，他生氣了：「烤火會上見妳還以爲很好玩，原來是這樣，怕什麼，這裡只偷東西沒聽過偷人的。」

她原不該來，因爲她以爲另一個人也會來，獨木便誤解她的前來是一種暗示。獨木滿身酒味怒氣沖沖，拉下鐵柵，對她吼：留學有什麼了不起！看不起人嘛，說著便痛哭起來，一副又醉又哭的模樣，可憐又狼狽。

阿蔡伯阿蔡姨拿手電筒照著她，鄙夷她查某人眞見笑才會讓人關。她心裡好慌好慌，怎麼玉石還不來。

阿根拖著陳舊的大行李箱，整個人瘦得不成形，他走過來拍拍獨木的肩膀，嘆了口氣，吐出一陣像霧般的香煙，阿根獨木兩人的模樣相像起來。

——「妳感到歡喜自在……」

——「所有的煩惱都消失了，妳不再執著，不再貪戀……」

——「現在妳看到一大片晴朗天空，幾朵白雲，還有鳥兒在飛翔……」

彤說妳丈夫來過。蕙女好詫異。

彤問他沒告訴妳？指示她進入裡面的房間。

牆上掛著一張跟眞人尺寸相同的巨大素描，畫著玉石，但她看不懂，畫裡的每一筆、每一觸都不是印象裡的丈夫，陌生成另外一個人；他不會單獨來的，他不該單獨來的，玉石不是那種人，她確信，但爲什麼這張畫……後面背景是彤的工作室，玉石跟其他靜物擺在一起，彤怎能畫出一個她不認識的丈夫？她下意識地倒退，匆匆退出後無意間又進到另一個房間，同樣也是一幅巨畫，畫著大山，那光落在大山的側面輪廓，額際到下巴映出一道稜線，大山便是光，蕙女急著離開然而找不到出口，繼續走，房間就像一個套一個似的走不完，最後她停在不知是一面鏡子還是一幅畫前面。

彤從蕙女身後走來說妳不好畫，說完就用一把利刃往畫中央插下去，蕙女的眉心被刺破，五官隨之凌亂殘缺，畫後面的她空盪盪，彤戳穿了她，她的心其實一片荒蕪，她不想再看自己……

蕙女支撐不住了，身體不能自主地就快往斜邊跌去，仙姑趕忙過來扶住，她睜開眼睛，一口呼吸哽住，殘留著夢魘之後的陣陣心悸，仙姑一派怡然篤定，若仙若妖微笑著，彷彿無所不洞穿，也雲遊了一遍蕙女腦中的幻象。夜更深了，廂房裡空氣微涼，屋外人聲如織火光卻不似先前灼亮，身旁其他女人還都閉著眼睛，似乎不如她反應劇烈，除了彤的手臂一會兒擎起一會兒抖動，像在打擺子一樣。

仙姑事後對她說：妳的質很純，如果走修行的路很快便可以悟道。

二十三

蕙女靜靜看著窗外，感覺時間經過。玉石去參加指導教授的座談會，大約七點到家。她今天想弄一桌好菜，昨晚她跟丈夫小嘔氣，婆婆從台灣打電話來，又再催問生孩子的事，搬出紫微流年那一套，說她猴年命中注定有一子，將來很會念書非富即貴，她隨便敷衍了幾句便將話筒交給玉石，留給他去應付婆婆。她氣他只會扮乖兒子不肯對他媽說得果斷一點。

下午到美麗城（Belleville）買空心菜、腐皮、生薑、國際電話卡，到歌劇院附近的京子超市買味噌湯料、柴魚片，還到免稅藥局買敏感肌膚專用乳液、玉石慣用的薰衣草香皂。常常她是這樣，晃啊晃的平白無故就過了一個早上、一個下午、一個星期、一個月，然後稍稍振作找些「正」事來忙，忙了幾天再大的正事也比生活微小。

若倒著回想起來，怕要不知怎麼來到現在的，她伴著玉石在巴黎讀書，三言兩語似乎也可以概括。童年還留有些許零星記憶，日子簡單平常，也簡單快樂；中學六年苦淡多了，拚聯考成績，畏懼數學理化家政課編中國結體育課打躲避球；進了大學，以爲繽紛可期，親身經歷不過就那麼一回事，當中的幾段愛情亦如是。

再有起有伏總歸會扯平，扯到平常生活裡，命運與她之間從未經歷過劇烈撕扯，有一天她遇上一個男人，三年後和他結婚，三言兩語便來到現在了，恐怕也會三言兩語走到未來。

佛的側像清嚴絕美，她坐在陽台地上陽光照不見的陰影處，望著，而且祇是望著。如今她人在台灣便疑惑那些年在巴黎是怎麼過的。

二十四

若不是阿根寄來一張明信片，夫妻倆以爲他的旅程說不定會無限延長下去，他寫著——

問候語省略。

這地方叫Cornwall，聽說是最遠的海角，每天吹著海風，什麼也不想，人很簡單，想想這幾年生活全他媽是假的！月底回。

祝福語省略。阿根

二十五

蕙女單獨拜訪彤是在要返回台北的前一天。

那是一間原先由倉庫改建的工作室，沿途所見盡是荒徑，可以想像，張羅出眼前這等規模一定花了她不少心血。

「我在等妳，我知道妳會來。」蕙女一點不驚，好像是意料中她會講的開場白，此時再傳來個簫聲或者有人使劍，她都不意外。

她爲蕙女拿來一雙拖鞋，見彤沒穿，蕙女也樂意赤著腳，地板有些沙粒，顯得裡外不分，定是彤光著腳前院穿後院。

「吃過飯了沒？我剛好在弄。」蕙女隨彤席地坐在方桌前。

「學員親手做的，嚐嚐看。」彤劏起兩大塊方磚似的蘿蔔糕。

「鍋裡還有一些蘿蔔湯，我去熱一下端過來。」蕙女四處張望，她家前不閉門後不閉戶，裡外相通居室敞亮，連紗窗鐵門都沒有，但她聞見那天在烤火會上一直不絕的燃煙香，彤前後各擺了一盤類似木屑的粉末，大概爲了驅趕蚊子。蕙女下意識地瞧瞧裡面那間虛掩著的房門，整個家唯一不能直接看盡的部分。

兩人面對而食，白日近看她其實平常，言談辭色也無異狀，蕙女並不確定是否有必要來這麼一趟，像是專門來告辭，兩人又不到這個交情上。吃完東西彼此不冷不熱地聊些不切身的事，蕙女原以爲對方會挺熱烈，彤應該是那樣的人，但她也許早忘了要畫蕙女這件事。她隨口問問彤教課的事，「妳好奇？」蕙女點點頭。

「看人而定，有的人蹲蹲馬步就夠了，有的人需要當乩童發洩一下。」彤大笑起來，笑聲誇張而穿透，蕙女卻跟不上她的笑，懷疑自己來這一趟到底要證明什麼？兩個女人互望，蕙女覺得彤正在看穿她的懷疑，她居於弱勢。

「妳的話，我想到一種舞，來！」兩雙赤腳齊來到裡面的房間，四面牆圍滿了鏡子，還靠著兩幅巨大尺幅的畫，蓋著沾了點顏料的白色畫布。

彤雙手筆直伸開，呈內低外高的傾斜，像個小孩子在模仿飛機，她緩緩旋轉起來，眼神凝定，微笑著，寬大的裙襬張揚成如花瓣的圓弧，一圈、兩圈、三圈……六圈、七圈、八圈……

這是舞蹈？蕙女暗自奇怪怎麼沒換個姿勢，都十幾二十圈了，實在嘆服彤的體力，要她早不知跌到哪個角落去了。

可彤的旋轉繼續著，不更快不更慢，不更慢不更快，以同樣的姿勢，相等的手勢高度，均勻呼吸著，顯得彤的眼神與微笑更為詭祕，彷彿一個神正穿過彤的身體，不停、不停地繞著她的身軀，繞著、繞著……八十圈、一百圈、兩百圈……四面鏡子裡的彤化身無數的彤播放著連續膠捲片，一秒二十四格快速相連，連成不會停止的影像，無止盡地將蕙女視覺暫留在這個旋轉之舞。蕙女感到暈眩了，一陣反胃感湧到心口上——

這時，霧鄉的霧，籠上來，顯得更濃了。

宴彤

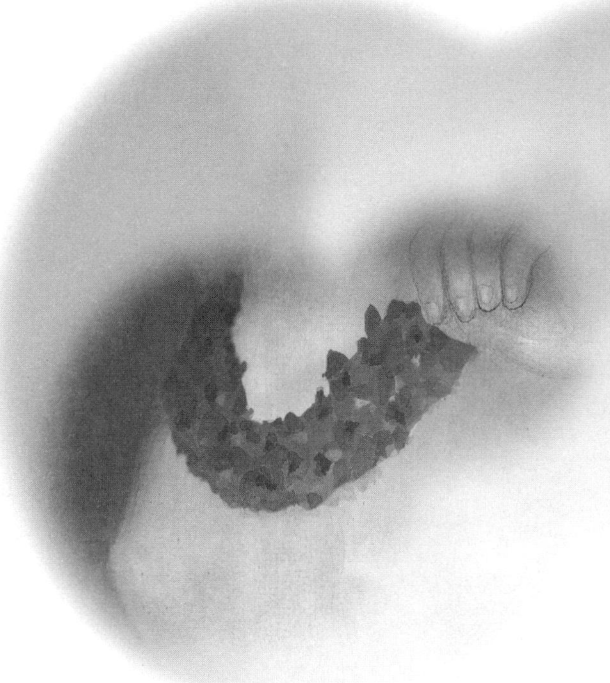

真的，她活得太熱了，毫無冷場，執意要演女主角，每場戲都有份。
過分熱心，過分期待，過分相信別人，過分自戀，過分注重打扮，
過分愛笑，笑得過分大聲，過分愛敲人腦袋，
過分愛撒嬌，過分少不了男人……

正如名字一樣，程宴彤是紅色的，奪目而令人無法忽略，與生命定般披上那色彩，她便不允許別人忽略，程宴彤是她所在世界裡的主角，唯一主角。最後一次見她，她整個人亦是浴在紅色裡，不單我，那是所有人的最後一回，她的世界結束在那一片紅色裡，紅色便是她的句點，悲傷到了極致而有種淒豔之感。

這女孩在我生命深深駐留過，她所刻下的痕跡，我確信永遠不會忘記，但我同時確信記憶的重量無可恆常，那將是一個變輕、變淡的程宴彤，關於她的故事，故事中可資回味的諸般細節也將隨之飄散。

紅，這顏色，唯一同時是喜與悲，俗與雅，奮進與頹廢，犯錯與榮耀，豐潤與貧弱，初昇與腐敗，華美的玫瑰與醜陋的衁血，鮮濃的唇膏與潰爛的傷口，矛盾的組合可以一直排列下去。當我讀著自己筆下這些對比的詞彙，其實都在對我自己說明一個女人，層次複雜的女人，在我們最相熟最好的那幾年裡，我說不上來自己是否理解了程宴彤，或者說她不可能完全被懂得。

其實她不常穿紅色，但想起她來，總是這顏色。早記不清初見面的所有細節，都還留著夕陽燒著她臉頰的畫面，如此青春鮮跳，那是個台北炎夏，我們都準備到法國留學。想想那時很年輕啊，討厭人喜歡人都可以沒得商量。「李大山就是你喔？」這女孩一雙大眼打量我，眼梢吊得高，斜斜地向眉毛尾端連去，很豔，不對我的型，但她散發一種令人不安的漂亮。過分自覺自己的漂亮了吧，她顯得有些跩，尾音那個「喔」連帶說明著她的失望。

現在我說她那種不經意流露對全世界有些不屑的神情，可真誠實得動人。

留學代辦中心小姐極力慫恿我和她一齊出發，我們都是先申請到T城念法語課程，我一個男生怎好拒絕，相互照應的意思是我照應她。她攪動著粗吸管，黑粉圓吸到一半她又出口氣吐回去，奶茶冒出泡泡聲，張了嘴似要說什麼，我們彼此對望了一下都不好意思另提說辭，這事便講定。

她的姓名甚至我沒記下，當初心裡結論初見面的印象是：這女的，我不喜歡。怎麼也想不到自那一天開始，她、我、我們之間……世事難以預料，生命往往逃不出這句俗話，卻又遠比這句話蕪雜沉重多了。

抵達第一晚住在旅館是個意外，我早申請好宿舍，她晚點辦已無空房，代辦幫她找的寄宿家庭隔天才能入住。她說自己不敢一個人睡，旅館的鬼故事最多，還扯到自己八字斤兩輕一定要我陪，由她負責出雙人房旅館錢。

有所求時她會「變聲」，年齡降到六、七歲，無辜的孩童年紀，輕聲柔氣，嬌憨憨的，非達目的不可。很難跟剛剛在飛機上的那個程宴彤連在一起，全機熄燈睡覺，她到廁所貼了一張面膜回來，放下餐盤摁亮讀書燈，拿出修指甲刀細細搓劃，然後上一層透明色指甲油，再上一層螢光粉紅，理直氣壯說：「無聊嘛，飛機上還能做什麼？」

十幾個小時的飛機，又從巴黎轉搭火車來到T城，我人都累翻了，幾乎一觸到枕頭便可以睡死，但不可能，她洗個澡拖得很久，我憋著尿幾度到了浴室門前卻喊不出口，出錢的是人家女孩子嘛。嘩啦啦水柱沖激著她身體，潑濺了整間浴室似的，她大聲唱著：我不要你的承諾！不要你的永遠！祇要你真真切切愛我一遍……

她的聲音跟人都是圓潤飽滿，嘶叫尖高處一樣有力，震得我心惶惶；臨行前哥兒們送行虧我不錯啦有美眉一起陪讀，到時候要好好表現別輸給法國男人。洗這麼久也可見這人多自私，我祇得折回床鋪繼續要睡不能睡的。也不知何時房裡的動靜停滯了，突然空洞起來，她裹著大浴巾走出來，房裡襲來一陣熱氣混雜著洗浴乳香味，翻了翻行李箱然後走回浴室，瓶瓶罐罐塗抹拍打著她的身體，這又費了不只一刻鐘。等她折騰完我索性不洗澡了，解決完尿急立刻翻身睡過去，連話都不想搭理，等她開口問我準備要諷刺幾句，但她沒有，心想以後還是跟這麻煩女人保持點距離。

「你沒有家累？」終於躺定在另一張床上的她發問。

「沒有。妳有？」

「分手了。男人是感官動物，不在眼前，還指望他死心塌地嗎？」

這也未必，我就是因爲被兵變，才導致退伍不滿月就迫不及待出國，離開待了二十多年的悶燥島嶼。這就不必跟她講，很多事都不必，她對你的事未必感興趣，有時你話還未接完她就另起主題，或者你正說到興頭上，她一臉神思遊走到他方。這種人當她眞正關心你時，卻比一般人更顯得誠懇，你又會感動莫名，猶如得到神的意外恩賜一般。

「妳來法國準備要學什麼？」

「隨便！服裝、珠寶設計、聲樂都可以。」

「妳家人沒意見？」

「我就是爲了躲他們才到法國來啊。」

她突然掉過身到床尾去，曩著腿瘦將腳抬高靠在牆壁上，柔緞的睡衣便滑到大腿處，夜裡，月光擦亮她的身體有若一尾滑溜的泥鰍，那麥色肌膚更顯得暗處生光。我晃過幾絲朦朧的念頭，喉嚨乾燥起來，等著她下一步動作。她不在乎，顯得很平常，未免也太無視於我作爲一名異性的存在，我拉高被子矇著眼睡覺，再度感到不悅。

我從未夢見過她，她過去了，她的人她的事都過去了。我不常想起她，卻一直記得她，記憶起來是那樣清晰。程宴彤的身影搖曳在羅亞爾河流經T城的水徑上，往事如昨，那樣近，不曾遠離過。

程宴彤很愛笑，笑聲驚天動地，從來不用手稍微遮掩，平常玩笑就增添了戲劇化效應，她很可以炒熱場子，與她不熟的人因此將她歸在開朗活潑那一類性格。千萬別在她喝水時講好笑的事，她笑岔氣立刻像蓮蓬頭噴你一臉——按她自己解釋——那是明星花露水啦！

這一天，所有的男主角都到齊了，巴黎幾家華語報社臆測的相關男士，如果她是明星那肯定會列張緋聞圖表讓讀者一目了然，我也是其中之一。她喜歡熱鬧，有時好害怕一個人，而我們，與她相關的所有人都在。巴黎從未經歷過如此炎熱的夏天，持續兩週處在高溫四十度，風像是被使用過度吹壞了一般，再也掀不起任何一絲波動，每天新聞悶悶報導著哪一個養老院又熱死了幾十名老人。大家睜睜看著已經燒成灰的彤，化成空氣中的一道熱油，融化了，消失了，再也不會回復血肉之軀，不會哭，亦不會笑。

二十分鐘便可以將市中心走得一丁點不剩，幸虧T城出產了幾位被編入教科書的歷史名人，近郊還有專供觀光客朝聖的古堡，我和程宴彤剛到不久就去報名一日遊，講解員的法文祇能聽懂三、五分，古堡的典故又特別冗長，某個城堡房間竟然漆成一片黑色，程宴彤似頗能領會的說那是在表現一個女人強烈的嫉妒。路上走的不是法國人，就是來學語言的外國學生，T城大學附設的法語課程非常有名，據說是最典雅正統的法文。

寄宿家庭住了一個多禮拜程宴彤就搬到市中心租起單人房，擔保人是間麵包店老闆，她可免除押金，語言半不通人生地不熟，她小姐就是有辦法，這法國人還帶她去銀行開戶、申請電話，免費贈送一些家具廚具，哪像我們申請什麼都被刁難要求這啊那的文件一大堆。

瞧她五臟俱全的小窩，屋頂斜下來削去了好一片天花板，這樣一來整個房間就變成菱形，顯得小巧溫馨，兩扇天窗貼著屋頂開著，開得很高，我們聊到深夜，幾顆星星便落在天窗上。這種頂樓房間法國人稱爲「傭人房」，她很喜歡，說會想起卡通「阿爾卑斯山上的少女」。廁所在對門，她獨有一把鑰匙，開門進去眞是眼花撩亂，野獸派壁紙從地板貼到天花板，馬蒂斯「開著的窗戶」塞得滿滿的，洗手台上方還拼貼了幾塊不規則鏡子，一大束玫瑰花倒掛在馬桶旁，乾了，香味隱隱浮動空氣中。

程宴彤迷戀氣味，常常製作乾燥花草，自行調配精油，沒事還約我去買香水，理由是必須徵詢男士意見，「就算沒留下電話號碼，男人也會因爲女人身上的味道記得她。」她拿起香水試紙揮動在鼻子前方，閉上眼睛細細聞味，認眞得像名國宴廚師在品嘗一道菜餚。從她，我開始懂得女人，意識到女人是怎麼回事，很細微的一些舉止、愛好、心思。即使根本記不住她提過的牌子，偶爾在某一處聞見，近乎自然反應般，我立刻會知道程宴彤曾經抹過，那香水流動於彤身上，在我的記憶中變得獨一無二。

那回我們已經來到巴黎，她打電話很興奮地說：「喂！我找到了！」因爲我調侃自己對香水毫無概念，祇喜歡搽痱子粉，她說找到了痱子粉味道的香水，然後急著約我去龐畢度中心——KENZO推出新款香水，滿滿罌粟花海盛放在龐畢度廣場，那是一片鋪天蓋地豔紅色的驚人場景。

「仕得好好的怎麼就搬了？」

「老太婆太囉唆了！」

「不是一個家庭嗎？」

「是啊。先生太太白天上班，小孩子上學，最常看到的就是老人。」

「她囉唆什麼？」

「一堆啦，東西要放哪裡，Baguette（棍子麵包）怎麼切，她還背著我把紅酒藏起來耶，以爲我不知道。其實他們一家人說話都很有禮貌，祇是我覺得悶，我不喜歡跟人一起住。」

扯了半天，原來邀我到新居是要傾吐感情困擾，麵包店老闆表態喜歡她（我一點不意外），他有老婆，對法國人這根本不成問題，但我說還是得留心點，畢竟我們在人家土地上，誰知道……「跟他不可能啦！無聊時找他練習法文還不錯，一想像跟他手牽著手走在馬路上我就沒力。」

相處久了我才領會其實她不需要建議，別人的建議對她不過是純聊天，她太順著自己的感覺，甚至盲從自己的感覺，祇要一被引動，哪怕如針般細小的念頭，她都非得要具體實踐出來不可，即使實踐之前她已經先行後悔了。

她並不愛那老闆，怎麼不講明白劃清界線？她欲言又止，大概問題不簡單。我吃著一盤番茄疊著Mozzarella（義大利起司），上面撒著Basilic（羅勒葉）、去核黑橄欖，一鍋爛泥紅蘿蔔燉牛肉，飯後她還端出紅酒醃酪梨。我小人之心不免懷疑她能做出這桌法式料理？恐怕是被那老闆潛移默化兩人關係並不簡單。

之後我一頭栽進法文學習，下苦心要學好。跟她不同，我的目標明確，家裡也沒太多閒錢讓我折騰。未聯絡期間，她的新聞卻一直不斷送進我耳裡，這一夥、那一群，台灣留學生沒有不談她的。

我們在學生餐廳巧遇，她的法文已經講得溜溜轉，跟周圍那一群外國學生氣氛很火熱，特別是跟一個金髮藍眼珠的高帥男孩人前就打情罵俏起來，搶水杯、爭麵包、你挖我一杓我挖你一湯匙，程宴彤就是這樣，完全不在意他人眼光，又明顯想吸引所有人。這裡的台灣人不多，小圈子情況嚴重，早有所知悉她大小姐的「豔聞」，親眼目睹祇覺得她眞會沒事找事，難怪那群台灣人老以她爲箭靶。

總是她打電話來，一講就是個把鐘頭，其實搭公車過來也才十分鐘，她往往不分日夜，管你忙不忙，她就是要找人說話，劈里啪啦事情從頭至尾講演一遍。不知何時開始，她什麼事都跟我說，她總說李大山你是好人。必須承認，我也寂寞，國外究竟不比自己故鄉，有時聽她說些與我無關的事情頗有解悶功能，久了，既然她把我當自己人，我也視她爲交心知己。

私心裡，我不願意旁人清楚我們的交情，我怕以後聚會被當成法新社，專門提供緋聞女王的八卦。她也是誇張了些，盡失東方女人的含蓄之美，我的名字一旦被列入「群草譜」，肯定連帶被她的聲名拖下水，所以跟她交流總刻意保持低調。我曾有過的這種親近又鄙夷的態度，恐怕她並不知曉。

「生日快樂！」

「妳怎麼知道？」

「我就是知道，我是宇宙無敵超級仙女……翻你護照啦！」

「什麼時候啊？侵犯隱私。」

「無聊嘛，隨便就看到，其實也是爲你好，如果我無聊到得了憂鬱症，倒楣的還不是你。」

「認識妳就是倒楣。」

「沒人打電話來？」

「沒有，現在是台灣的凌晨。」

「我故意搶第一的，這樣你永遠會記住，二十六歲生日被小彤兒搶得先機。」

不知爲什麼，她這句話讓我直接想到前女友，程宴彤搶了她的台詞。如果告訴彤，她肯定不高興，她是那種嘴裡不說但明明就認爲自己舉世無雙，創意與想法都優於其他女人，她很得意自己鬼點子多，遇到外貌跟她旗鼓相當的，她則是又佩服又不以爲然，反應異常地熱烈多話，潛意識就想多挖些對方底細在心裡較量一番。

她對女人那種預設好的先天的敵意，有時我也受不了。

程宴彤捧了一盤炒米粉，事先沒打招呼便逕自光臨要一起吃中飯，一個小學妹正好也在。她打量人家的方式是從頭到腳「盯」一遍，從小學妹的公主頭白襯衫淑女裙到娃娃鞋，然後再過分親切燦爛笑笑，便不再看對方也不怎麼搭理，因爲確定了自己比對方出色。對一個比我們小幾歲高中畢業就出來念書的女孩，人家清清秀秀斯斯文文的，幹嘛啊，我到廚房煮咖啡，程宴彤隨後跟來，嘖嘖有聲。

「牙齒痛啊！」

「就是她？」

「小聲一點！」

「她常來找你問東問西的嘛，你提過。」我提過她是學音樂的，她媽媽跟我媽媽曾經是同事。

彤思索了一下說道：「及格邊緣。」

「什麼意思？」

「外面的美眉。」她揚起眉毛撇撇嘴。

「眞無聊！」

她哼起那首〈給愛麗斯〉，急急切切，一聲急過一聲，聲聲聽來都刺耳充滿嘲諷，人家也不至於是垃圾等級吧。小學妹不過是來借點資料，詢問一些語言課程，況且就算我們彼此喜歡又怎樣？三個人到集體廚房用餐，程宴彤完全不碰學妹做的咖哩飯，我則是左一口炒米粉右一口咖哩飯，還有我自己滷的一鍋牛肉。嘴角沾了一節米粉，程宴彤用手幫我撥開，分明故作親熱狀，這時我倒眞擔心小學妹會怎麼想來著。

或許是因爲小學妹的一無反應，鎭定表現出那一路良好家教，更激起程宴彤的挑釁心態，接下來視線幾乎除我以外沒有第三個人存在，話題繞著我倆共同認識的朋友，還穿插幾條黃色笑話。她是欺善又不怕惡的。

這小學妹後來和連要好起來，連是拿公費的優秀有爲前中年期青年，個頭矮小其貌平平，因此他在自己心中變得挺拔卓越，而小學妹需要有人當學習指導與生活保姆，一個需要被崇拜，一個需要被照顧，他們在一起多半是有這前因。

連和小學妹在我們之後不久也齊來到巴黎，連不喜歡程宴彤，一見我又毫無例外地問起她，顯得他既瑣碎又無聊，好處在於他愛聽也愛傳，彤的若干事連我也聞所未聞，之後才知這都經過小學妹的嘴巴編排過，如果能讓人對程宴彤的印象畫個大叉叉，那正是小學妹心底要的結果。

「你看程宴彤……眞覺得漂亮嗎？你沒發現她有一種狐媚？冬天那麼冷，別人都是厚厚的高領、毛衣、圍巾，奇怪耶，她的就全身緊貼，V領還開到胸口。

「她爲什麼一定要全身亮亮的，耳環每次都不一樣。

「還沒看見她，已經先聞到香水味，渾身都是風塵味……

「你和她還聯絡？她有你家鑰匙？……少年人身體就要顧！」

我心裡好笑起來，連辯解都懶得去辯，彤這麼形容過：有些男人望似道貌岸然，其實一肚子男盜女娼。

回想當初那頓三人午餐，益發覺得彤可愛多了，小學妹的禮貌與教養背後藏著的是比心眼更多的心機，不忍還好，一忍就意味著她要歪歪曲曲陰著來報復。難怪彤總說美女的敵人不是美女，也不是醜女，是那些不醜、不太美、時時留意別人、以爲自有特色要明眼人才能欣賞的女人。

程宴彤離開T城其實狀況狼狽，幾乎是逃到巴黎的，問題倒不出在麵包店老闆的太太，而是麵包店斜對面一家首飾店。華人都到那家店買國際電話卡、換手錶電池什麼，首飾店一家人都是陸續從溫州偷渡過來的，十幾年後身價不同，早拿到了合法身分居留。麵包店與首飾店老闆是好朋友，大概對程小姐的事多少有耳聞，事情後來會鬧開是出在首飾店老闆娘。

程宴彤這次戀愛對象是位高中男生，她都稱他爲陽光男。我見過幾次，他笑起來一排白淨牙齒，眼睛彎彎的，渾身充滿朝氣，心思坦白明朗，對人也有禮貌，中文講得祇比我們講法文好一些，我們遇到多半聊些電腦、數位相機、橄欖球比賽之類的話題。

有一陣子彤爲了她爸在大陸搞女人的事老往家裡打國際電話，電話卡買多了就知道陽光男排班時間，「他笑起來好可愛喔，眞想保護他！」彤藉著交換語言的名義約人家，約了兩次在麥當勞之後就約到彤家。人家媽媽緊張了，兒子夏天要考全國高中生會考，攸關將來前途，程小姐跟麵包店老闆牽扯過自然不會是什麼好女孩，兒子才多大啊。「妳是台灣人，台灣人有錢嘛，我們不一樣，我們自己賺錢多辛苦，他下面還有弟弟妹妹，妳想想我們做父母的。」

彤怪自己不好，對方很單純，她也可以理解一個母親的心情，但他們仍繼續交往，彤是不會爲了偶爾升起的罪惡感便停止追求愛情。陽光男並非叛逆青年，多半趁著課後補習時間兩人到郊區約會，彤還計畫將來兩人一起「私奔」到巴黎。

聽出我語氣中有所質疑，她不高興了：「你以爲你是誰啊，你就分得出是寂寞還是眞愛？最初是什麼不重要，重要是現在，我們在一起很開心，感情的事外人哪能理解啊，他那麼單純，我還會騙他嗎？感情的事你懂不懂啊，不懂就閉嘴！像你這種人跟我爸有什麼差別！」

她一炸起來就是這樣，聲音高八度又哭又吼，管他原來主題是什麼，任由情緒橫掃亂砍一陣子便是。

男方媽媽到語言學校吵著要程宴彤台灣家裡的電話，她約程宴彤約不到，兒子又不肯「悔改」，「我倒要請教台灣人是怎麼教女兒的！」學校行政單位應該是第一次遇到這種事吧，台灣人之間講起來都覺得很丟臉，程宴彤似個燙手山芋，人人嫌，人人又想感覺一下燙手的熱度。

幾年之後在巴黎還從待過T城的留學生那裡聽到程宴彤的名字。那一家溫州人仍在那裡開店，有說陽光男在賣體育用品，有說他被電腦公司派到上海發展。但若說到程宴彤，不管前情後事，版本可就複雜精采太多了。

程宴彤變成一種流言的主詞繼續在T城的河水流淌著。跟我講這些是非的人多半跟我不熟，聽了，我絲毫不替程宴彤辯解，我很享受冷冷地感覺人性本惡，整個世界髒而泥淖，與我以及眞相徹底無關。但不久之後我即厭倦了，人的創意實在太侷限，當主詞是一個聲名不好的女人，能編的詞彙、情節、結局不出那個中軸，圍繞著她的男女關係打轉。

彤的名句之一：「我很喜歡巴黎啊，如果巴黎人全走光的話。」那是幾年前她初訪巴黎完成LV之旅所結論出的印象。但T城的一切凌凌亂亂，急迫著她必須離開，巴黎才算乾淨空白的開始。而我則對這城市充滿期待，巴黎發著光，巴黎可以挽救我平淡無趣的生活，巴黎意味著我一切理想的開展之處。

某種意義下，我們都曾經爲這城市孤注一擲，她的人生在這裡結束，我也並未從這城市開始，巴黎祇是一個過渡的片段，生活繼續平淡、繼續無趣，而我早就質疑甚至不屑所謂的人生理想。最美好的還是那場夢，以及曾經以爲那不祇是一場夢。

事前已有巴黎的朋友接應她，考完法語程度檢定考試我人才到打了幾天地鋪，程宴彤住第五區，位居左岸高級住宅區繼續當她的阿爾卑斯山少女，這一排門戶緊鄰的傭人房住的都是外國學生，短時間內她便在生張熟魏中間如魚得水。一向如此，她啊永遠不落單，卻又抱怨熱鬧過去可以談心的沒幾個，熱鬧是她找的，喧譁過後的單調她也必須承受，她會再找下一群下一段熱鬧。

處在熱鬧當中，她不見得有心，那衹是她的一項專長，不花力氣招搖一下便有。熱鬧與熱鬧中間，掉進寂寞時，她便來找我。

我所認識的人當中彤是記得最多卡通歌的，可能因爲她時常複習，她也愛畫瞳孔佔據臉二分之一面積的娃娃，手筆不輸給專業的少女漫畫家，這還沒有長大或者說尚未退化的部分，支撐著成人的她，使得有一小部分的她躲在非現實裡，忽然不快樂時，她便大聲哼唱著：「頑皮熊，小小頑皮熊，自由自在多快樂，牠不知什麼是憂愁，牠是隻頑皮熊！……小精靈，小精靈，小小的世界上，美麗的小村莊，住著一群可愛小精靈……」

當她大聲唱卡通歌時，她是在自我催眠，她還沒有長大，她不需要對人生完全負責，她可以遊戲、耍賴、裝小，她在告訴自己和別人她是童心未泯的，這也是原因之一讓人覺得她不自然，內在與外在刻意不統一。

小女孩那一面的彤要人疼，要人哄，一個男人要盡信她那一面全心全意對待，她也會挑剔不滿足；大部分的她是個女人，而非小女孩，極盡女人的，有七情六慾、善於說謊、善於勾引、善於推卸責任，也善於纖細、敏感、眞心。

她的穿著很女人味，春夏秋冬的準則都是表現曲線，不見她穿寬寬大大的休閒服，連T恤都故意要小一號緊貼身體，上面的草莓還是山茶花變得不再無辜，在她胸前開得豐圓而鮮豔欲滴。

她房間最多的便是衣服，衣櫃像長出多餘的脂肪一般塞爆了，她還是買，很少見她穿重複的衣服，她倒很計較人家穿著重複，「阿山哥，我懷疑你兩個禮拜不洗澡，上次見你也是穿這件條紋藍襯衫。」她的專長是用衣服來記人記事，從衣服連到人的臉、當天的天氣、場合、對話，衣服在她比請一位祕書還穩當，我們吵架她翻起舊帳都會拿我當天的穿著來佐證她的記憶比較可信。

宴彤跟同胞Coco混得最熟，互稱姊妹淘，Coco、Coco叫慣了，她的中文姓名像被擦掉一樣，這在她是很願意的，她瞧不起台灣的一切，自覺流的是波西米亞血液上輩子是歐洲貴族，熱愛自由、藝術、科學無法解釋的想像世界，總的來說也是個麻煩女人。

Coco樣貌在華人眼中算不上絕頂美女，眼睛圓溜溜，個頭嬌小豐盈，肌膚倒是雪白，一把及腰長髮常常盤起來，插個顯著的銀簪，民族風項鍊手環圍巾披披掛掛，我覺得像藝品店女店員，法國人看來應該像藝品店擺的中國娃娃，愛不釋手。

她熱愛算命，自己遇事便拿舊幣占卜、翻幾張塔羅牌、找些星座運勢解析，也樂意幫人算，可以扯出一大篇道理，並且很相信自己算的結果。E-mail轉寄的文章十有八九是心理測驗、新研發出的另類算命方式，所有這些我都認爲一文不値，胡湊胡說。女人的胸部大腿是眞實的，但當她們講起算命就顯得無知，我奇怪Coco不見得那麼淺，怎麼對自己的生命如此沒把握。

彤的死，最讓我確信的一點便是生命很平等，沒有誰能夠看穿，之殘忍、之荒謬、之不必商量的。大多數人卻都有可以掌握、預感、防範的錯覺，這種錯覺才拱手讓命運扮演如來佛，將每個人抓得死死的，想起來我便覺得喪氣，不理便罷，生命要如何便如何，我連鬥爭都放下了。

彤死之前的農曆除夕，Coco幫她排算新年度運勢，說天喜入夫妻宮（大概是這幾個字吧）很有結婚可能，對象是位一直忠心守候在身旁的男士。當時氣氛有些許詭異，空氣彷彿凝止了幾秒，大家極力避免朝我這邊看，人情世故教導我們當不確定某一男女的關係時務必保持基本禮貌，眼角餘光又近乎自然反應地掃到我，我心裡眞他媽不痛快！

對彤，我祇有「守」而從無「候」。

這兩女人最相似的一點就是自命不凡，彤偏外表，以嬌俏野性美仗勢欺人，Coco偏內在，覺得自己氣質不凡見解卓越。她們吵架常到我這裡抱怨，一開始我還試著爲她們排解，後來她們則都從我這兒探對方口風，處在兩個女人之間，沉默是金最好。

不曾再聽彤說起過T城，每回見她都是神采奕奕，法文一次比一次說得漂亮，她絕不靠用功取勝，可見她擁有較前更豐富的社交生活，被更多法國男人包圍，連的賤嘴說她搞「身體外交」，而從連那邊聽到的事我躊躇著要不要問她，她知或不知道？

「這樣試探是什麼意思？你覺得我害了他？」

「沒什麼意思，早知道就不說了。」她很聰明，我言下之意就是陽光男拿刀劃手腕的事她有責任，她繼續花蝴蝶一般周旋在蒼蠅蚊子堆裡，我看不過。

「你就是見不得我好，跟其他人一樣賤！」

「妳才賤！」她一本書砸過來了，我立刻奪門而出，遏止住想扁她的衝動。

深夜她打電話來，語氣聽起來剛哭過，或許此時淚痕未乾，她跟我道歉，我無意接話心裡生出一絲嫌惡，她該抱歉的對象不是我。

她說起小時候一件事，很慢、很慢，慢得讓事情如此遙遠，她不願意在生命中出現過似的。

那星期她輪到下午課，她爸在外地工作週末才回家，她哥是國中生一大早即出門，起床後她覺得家裡太安靜了，跑到父母房間看到被子鼓鼓的以爲媽媽還在睡覺，依在旁邊又覺得身形不像，翻起棉被一角，但被子裡的人蓋得更緊，她用力去扯，然後發現躺在被裡的人是某位叔叔，雖然沒看見臉，但那捲捲的黑人髮型是他沒錯，他是爸爸的朋友，偶爾來家裡作客，媽媽還嘲笑他怕老婆，她跟哥哥暗地裡都喊他黑人叔叔。彤慌了，趕緊逃跑，跑回自己的被窩，蓋著頭裝睡不吭聲，彷彿是她做了件錯事。後來一連串電鈴聲，媽媽跟人在說話，然後來叫她起床刷牙吃早點；媽媽在演戲，開門假裝剛剛有人來，房間裡的叔叔已經走了。

她爸其實不愛她媽，爭吵時還動手打過她媽，彤覺得媽媽很可憐，但這件事之後，她對爸爸產生了愧疚感，更愧疚她無能打破這個謊言。父母都讓她既愛又恨，恨了又同情，愛了又痛苦，彤讓哥哥置身事外對他什麼也沒吐露，於是覺得自己長年在承擔著一種知道的罪。

她一直告訴自己：「我絕對不要成爲像我媽一樣的人！」她這麼說時我腦海中便充滿她塗著唇蜜，掉了就補的畫面，微微超出嘴唇輪廓，滿滿地塗著各種紅色，桃紅、粉紅、荔紅、棗紅、磚紅……後來住在一起的那段短暫時間，我很喜歡吻她，連帶喜歡把她帶著果香的口紅吃下去，她要我幫她拍照之前都會再上一次唇膏，拍完就被我的吻吃掉了。她說我的法式深吻可以平穩她的情緒。

我們之間最壞也彼此罵過、恨過，但關係總到不了盡頭，折回來，誰也少不了誰，彼此終究最信任對方，在國外，特別有種相依爲命的感覺。這時我又承認命運這玩意了，莫名其妙地，她在外面經歷了多少荒唐弄得遍體鱗傷，我總讓她停靠，任著她宣洩和依賴。我原不是那麼善良的人，宴彤從來不是我的感情困擾，她來我迎接，她不來我過我的，久不來我也不見得失落，從不曾爲她拒絕其他機會，祇不過我無法讓其他女人如此對我予取予求。

很多事情她都比我順利，學語言、找房子、申請學校、交朋友，說起來我有點像是跟在她尾巴後面有樣學樣，她找的語言課我去上，她找的房東我跟他租另一間房子，她去找學校資料順便幫我拿一份，她交的朋友也變成我的人際關係。雖然他們多少都懷疑過我和彤，男未婚女未嫁，純友誼？他們覺得是我在暗戀彤，因我不如她條件出色，所以改採默默守候之策。

這個猜測間接摧毀了我和Coco的那段關係。很像是兩個經由主角介紹認識的配角彼此相望久了，不想繼續以主角爲談論主題，便另外搭檔演一齣戲，從身體開始，不算從身體結束。彤過世之後，我們久久聯絡一次，淡淡問候彼此，並且刻意避開不談到程宴彤，但我以爲Coco和我一樣都期待對方首先提到那個不在場的主角。

彤直接說過我沒用，我才奇怪她對活著這件事幹嘛那麼熱心。

眞的，她活得太熱了，毫無冷場，執意要演女主角，每場戲都有分。

過分熱心，過分期待，過分相信別人，過分自戀，過分注重打扮，過分愛笑，笑得過分大聲，過分愛敲人腦袋，過分愛撒嬌，過分少不了男人……

她什麼都過分，不中庸，戲搶得凶，所以也就越早容易沒戲演。

來巴黎不到兩年我即發覺，出國不過是那麼一回事，本來還胸有大志想念國際關係將來有遠大前途，熟悉環境之後我攀著雲梯似的，輕飄飄地在人家土地上打轉，找個讀書名目留下來，念書等於在混日子，混得更不必負責任，誰也管不著我，時間任由我使用。算起來是廚藝最有長進，我可以極有耐心地花五、六個小時烤出一盤咖哩酥餅，連諷刺我該去報名「藍帶」（Cordon Bleu）學烹飪。

Coco說台灣男人不適合她，她少不了菸，她還抽大麻，她想當默劇演員，她可以一晚坐在Bar裡喝悶酒，她狂戀自由，她不喜歡交代行蹤，在我之前她一直結交外國男友。彤始終卡在我們中間，我猜她會不會是在報復程宴彤，而她猜我是把不到程宴彤才找她。

想起來好混亂，那段時間，情緒常常很High，一直High到它枯竭，失眠最嚴重的一段時間，日與夜的分別也顯得模糊了，不是太晚睡就是清晨還醒著。或許，彤的離世把我往社會推去，我衹會更「好」，活得更正常、更平凡，如大多數人一般。

Coco的前男友入圍過凱撒（César）新人獎，隨片應邀到台灣時Coco剛好擔任口譯，片子主題是他領導著一群勞工跟老闆抗爭。螢幕上看起來他一副儀表堂堂，私生活卻亂成一攤爛泥，Coco過得慣波西米亞式生活，但她不喜歡家裡到處是穢吐物，他每天拿起新劇本說要振作，一到晚上又不見人，不是喝到掛就是全身熏滿大麻味才回家。Coco搬離之後從未回去過，他倒常來找Coco，我聽過他們在廚房討論老子、瑜伽、針灸，這男的絕不衹一個女人，幹嘛老黏著Coco？好笑是他們能夠徹底分手跟彤也脫不了干係。

對於程宴彤的死，Coco直言她情緒很複雜，不全然悲傷，不全然遺憾，不全然替才二十八歲的彤惋惜，雖然這些情緒都有，但她甚至不敢說自己不曾暗暗期待過這個結局。我懂，程宴彤的存在讓別人活得深刻，好的壞的方面都有。她們曾經是最好的朋友，程宴彤卻逼著Coco在愛恨兩端奔跑。

男友來找她，程宴彤很不知趣繼續在Coco房裡待著，這也罷了，還斜著身體臥在床上，姿態撩人，眼神直盯著對方，彤起一句，對方回一句，你來我往熱烈談著話，彤笑得過分燦爛，以此來鼓舞對方。法國演員自然見過不少世面都覺得彤太誇張，太明目張膽要勾引他。

「她還坐到窗台上，跟我要酒喝，喝到自己解開胸前兩顆釦子。騙誰啊，整天在Pub混酒量會那麼差？那一晚我眞是開了眼界。」

Coco講起來很氣，當著她的面勾引她的男友，氣到已經找不到適切說詞，「程宴彤眞的是有病耶！」彤勾到了，但Coco前男友又懊悔不已，跑回來找Coco要復合，說自己懊悔跟那種女人上床沒戴保險套，「Elle est trop facile-!」（她太容易上了！）Coco很替彤不值，覺得這男人賤到骨子裡了，鑰匙往他臉上砸，他竟然哭著說離不開Coco，說會拿下部戲的片酬去看精神分析師，Coco絕不能在這之前放棄他。

這件事之後兩個女人照面也不說話，過沒多久彤就搬離那排傭人房。我和Coco並非在彤離開之後才開始，彼此有些百無聊賴吧，見面話講多了就找些別的事來填滿，而在彤離開之後我們益發彼此需要，在相互取暖中培養出感情，或許我們都想藉著彼此擺脫掉程宴彤。

好一陣子沒見宴彤，她瘦了，我直覺她肯定有事。一向身材都刻意維持在不多一寸不少一分那樣地剛剛好，眼前的她彷彿一個剛蒸好的包子被用力捏皺，消了氣。挑染的頭髮長了些許，顏色淡了些許，她的野味減少些許，倒反而顯得清秀些許。

她談上一段苦戀，對象是日本朋友泉（Izumi）的指導教授，研究宋明理學的漢學家，她沒事跟去聽課，聽著變成她的主修課似的，自己註冊設計學校繳了學費愛上不上的還抱怨作業多同組同學沒大腦。很少遇到一個愛情能量如此豐沛的女人，可以一直愛，不間斷地愛，持續活在愛情的狂喜狂悲當中，真誠地投入，沒有一絲畏懼，她甚至不曾有過少女式遲遲不敢表白的情懷吧。她的勇氣，和大多數女人一樣，並非來自純粹身體的慾望，在彤：「身體是身體，你跟一個人上床不代表什麼，你感覺到愛那又是另一回事。」

她曾轉寄當時的心情給我：

「pm3h46的巴黎陽光照進salle（教室），他中分的髮線、高額頭、挺鼻梁、寬下巴，一直線連起來真好看，一個可口的老男人，多想咬他一口！我看他，他看我，接下來我們將會談戀愛。」

彤從不會忽略任一個「異樣」的眼神，雄性的狩獵神采，那麼多人當中，漢學家掃到她，她盯著對方無一絲閃躲或者故作無事。然後她一直來聽課，某天事情總會進展到男人與女人那一步，兩個人都不簡單，沒有誰錯過誰。

她停掉所有在網路上訂的中文電子報，歸還大家中文雜誌小說，拒絕所有中文資訊，每天一起床就聽FRANCE CULTURE（法國文化廣播電台），晚上看文化談論性電視節目，週末看*LE MONDE*（世界報），隨身帶著法漢袖珍辭典。

「一出校門他立刻戴上太陽眼鏡，怪，陰天沒太陽，後來聽Izumi說起才知道他眼睛不大好。當時我好想去扶他，當他的枴杖或者黃金獵犬、拉不拉多。Izumi分析說我對他有一份母愛，很危險。」

如果彤說：「我竟然想嫁給他耶，你不知道，他有多特別！」我會明白不過又是一回戀愛罷了，談戀愛她容易就嚷著要嫁，可我從未感受跟這句子同等分量的她過往任何一段感情。彤深深陷落了，遇到段數更高的命中剋星，以前她怎麼胡纏胡搞，怎麼說自己多愛多愛，她總是先把氣氛製造得轟轟烈烈，然後自己便冷下來，金蟬脫殼般搞自我分裂，一個自己先跑向終點回頭瞧著另一個自己慢慢磨到分手。

這一回不同，她說起來很淡，但人卻很統一，沒有演戲味，反而讓我擔心起來。「他說Je t'aime（我愛妳），我說我不相信，他笑著說他也不相信。」彤被傷到了，原本她是甜蜜的等待再次確認，對方卻如此輕鬆，好像在開一個跟兩個人都無關的玩笑。她自尊很強，一向她都是遊刃有餘的那一方，所以她祇悶著，悶久了，悶成她心裡的一塊痛。明知兩人不會長久，對方不很愛她，但這一次她像一般女孩子一樣會期待改變，對方爲自己改變，或者情勢改變。

彤多少聽說了我和Coco的事，此刻她全副心思都放在漢學家身上，情勢就變成我們三個集思廣益想對策。兩個女人間的友誼不可能完全修復，一些事已經像揭開過的瘡疤，再淡，痕跡都會在。Coco看彤的眼神摻雜著很多東西，可愛的密友，可敬的敵人，可鄙的同性。

竟然是從呂豔那裡挖到這教授底細。呂豔是上海人，漢學家跟呂豔的一個同鄉在一起過，他們的事並不難探聽到，分手已經兩、三年，但祇要誰稍微跟漢學家走得近，這女孩都會主動約談，告訴對方她是漢學家的女朋友。「以他的身分地位，他根本毋須解釋什麼。」他在香港、日本、大陸都擔任過客座教授，同時也走過必留痕跡的「情人情人滿天下」！

彤這才準確拿捏到對方功力，可以讓一個女孩子不顧顏面到處宣傳自己的地下情人身分。他還是標準情聖，「據說跟他一起過的女人不吵不鬧也不抱怨，還念念不忘，不然我朋友也不會一直追蹤。」但彤覺得把自己搞得這麼難看，那女人的條件也可見一斑，而如此平庸的女人他竟然也要？

漢學家很年輕時便結了婚，多年來外遇不斷，夫妻倆沒生兒育女，卻一直未離婚。Coco認爲男人永遠需要一個媽，那是一種安全感，不管外面玩得再凶，回家還是需要一個守候他的女人，「這種男人最自私，最無能，根本沒有能力對任何女人負責。」言下之意，勸彤清醒些，他不可能離開他太太。

然而，彤終會將事情進行到底，這方面她不僅不理性，還偏向反理性，她會將情緒推到底，故事推到底，何況這次她整個人太在裡面了。告別式上漢學家戴副墨鏡一語不發，全黑穿著整潔光鮮，髮際線有些靠後髮鬢泛著灰白，拿出白帕擦拭了一下口鼻便匆匆離去。無一處令我信服他是彤癡戀過的男人。

兩人復活節假期到里昂玩，住漢學家一個朋友那裡，這朋友是他念國立高等師範學校的同學交情已經三十年，也是位教授。漢學家夫人打電話過來，夫妻袛隨口說了幾句，朋友跟他太太倒聊得很起勁，聊到一些共同認識的人、一些往事，漢學家在話筒另一旁聽得很有滋味偶爾插插話，兩個男人和一個不在現場的女人歡聲笑語不斷。「沒有人注意我在場，我的感受。」彤覺得自己被擺在一個她無法參與的知識分子的世界，一如援交少女般，其存在專爲解決男人的性慾。

他們提前離開了里昂。彤故意激他，激到他無法把持住情聖學者的風度，既然不能擁有他全部的愛，彤要對方記住她與其他女人是不一樣的。兩人吵架彤隔著主人將手裡的紅酒潑向漢學家，報銷了一塊米色地毯。彤獨自搭TGV回巴黎，因爲漢學家不告而別開車先走了。彤從街上散心回來想要道歉重修舊好，當她看到收拾整齊的客房裡竟完全不見對方衣物……「這是報應。」她淡然對我訴著。

我去車站接她時簡直震驚，她的嘴唇被咬壞了，像感染不知名病毒，部分浮腫部分凹陷，撕落了好幾層皮，留下深深淺淺的血色，我從不知道人的嘴唇可以一層一層撥開到這種程度。

漢學家跟其他教授合開的課堂上，程宴彤盯著他不放，不論誰在發言發講義放幻燈片，她一雙眼睛就是牢牢跟隨漢學家，讓所有人不得不瞧出彤與他之間關係不簡單。彤刻意打扮得冶艷甚至俗豔，呂豔開玩笑建議她去買件肚兜發揚國粹，彤還眞跑到十三區買了兩件穿去上課，那個場面光想來就覺得精采！她自貶身價的同時也在貶低對方身價，即使原本不清楚他的情史的同事學生這時也會對他另眼相看。

某種意義上說起來程宴彤辦到了，眞動搖了對方平常袛鬧個小戀愛的布爾喬亞學者生活。或許這是彤的特質使然，套句Coco說的：可愛的時候很可愛，恐怖起來讓人想拿一把菜刀砍下去。

「我有什麼好失去的啊？他才怕呢，我是外國人，怕什麼。

「有本事趕我走啊！念點書的人都特別虛僞。」

去了四、五回，漢學家就不得不找人代課，彤明瞭自己如何被所有人看待，她不在乎，她反正不是這裡的學生，泉也勸不動她。

彤的對手不是他太太，不是漢學家，而是自己。對一個年近五十的男人能期待什麼呢？他的心腐朽又沒有力氣，早已喪失去愛一個人的能力，但他其實有權利拒絕改變。程宴彤自己偏要清醒地陷落下去，她莫名其妙地被夾纏著，情緒一直繞在裡面走不出來，似乎不甘心，又沒有理由不甘心，漢學家被她搞得課都無法上，比起呂豔的朋友私下邀約情敵，彤無疑更具威脅性。她很痛苦地做著這些，因爲她知道這等於在加速失去他。

彤說她要做到讓自己反胃的程度，「我跟我媽是一樣的賤人！我越告訴自己不要，我越擺脫不了，這是命。」漢學家主動到過彤家裡，「不然結婚好了？妳要怎樣呢？結婚好不好？這就是妳要的嗎？」彤很不屑，但我知道如果對方換一種語調彤會欣然接受。不管每次去是爭吵或者求饒，最後他們一定是在床上結束會面。彤未告知對方便停止服用避孕藥，「你想想，我手裡抱著跟他生得一模一樣的小孩逛士林夜市，怎麼樣？」我要程宴彤搞清楚自己眞正要的是什麼。

當厭倦了這一切，彤想離開充滿回憶的環境，她到我那裡住了一陣子。我成天陪著她，聽她說話，安撫她的情緒，我們一起上超市採購，我做飯她幫忙切菜、洗碗，我們聽音樂、散步、逛舊貨攤，我們亦很自然地發生關係，就像兩個跟世界脫離關係的軀體天經地義的衹跟彼此發生關係。我們激烈地動作，我必須進入她的身體很深，深到讓她看不見另一個人的影子，極盡歡愉的時刻那個影子便會擠出她身體外。

好好說著話她便哭起來，有時睡到半夜她會驚醒，雙手發著抖，淚又開始流個不停，她說每天要克服憂鬱的情緒很痛苦，我請求她再熬一下，一定會過去的。她要我拍照，說看看自己還美不美害怕沒人要了，那一疊照片除我以外再沒別人看過。彤過世以後，我曾經猶豫該不該交給她的家人，出於私心我決定衹留給自己，完整保留那段時光。照片裡的她很清秀，除了口紅外完全不施胭脂，有一張她側臥在沙發上睡著了，沒有表情的臉顯得如此無辜，憨憨的招人發笑，那是衹屬於我的純眞小宴彤。

有幾個片段，我常常倒帶回去看，一步一步回想著，情勢怎麼會發展到彤的死。在她生前最後一段時光，的確，我覺得她在走鋼索，常常把自己逼到一個極端的情境，然後再用另一個極端解決這個極端，於是彤生命的能量越來越弱。她嚷著不想活就跟嚷著她要嫁給誰一樣，心情一不好，她就會如鸚鵡一樣老重複嚷嚷。漢學家的事讓她變得很弱很弱，那未必指向絕路，她的死與此無關，是極其荒謬，是可笑的誤會，是殘忍的巧合，但一切又顯得理所當然，一定程度認識程晏彤的人都不會太意外。所有人，包括我，在接獲她的死訊時恐怕多少都鬆了口氣，因爲潛意識中大家都感到她總會「有事發生」，對！就是這四個字。

彤一直有事發生，她不是隨便你走在街上都可以遇到的女人，但也不是終其一生你很難遇到的那種女人，你或者他，或早或晚，都會遇到這一型讓人總覺得會「有事發生」的女人。

呂豔的男友葉軍殺了她，是一樁殺錯對象的情殺？或許不算情殺，他並沒殺錯，一切已無法證實。即使彤活得不快樂，即使她再想跟死亡交換痛苦的解脫，她絕對絕對不可能預料或者期盼如此死去，死得如此離譜。

呂豔長得細眉小眼中等個頭，講究打扮，懂得做人，一張嘴尤其會說話，她勸起程宴彤來條理明白邏輯清楚，但自己談起戀愛完全另碼事。葉軍年紀很輕，二十出頭，比呂豔比我們都小個六、七歲，是那種高高瘦瘦白白淨淨話不多很老實的男生，幾次見面的場合都是一群人，他不容易讓人留下太多印象。

當陸續得知一些實情時我不由得十分吃驚，呂豔養著他，他賴著呂豔，呂豔要走，他便綁著呂豔，哀求、恐嚇甚至揮舞拳頭，打得呂豔跳進附近的垃圾桶躲起來。他撂下狠話：「妳可以走，妳死就可以走！」葉軍背景不單純，從東北偷渡到法國，「黑」了好幾年才弄到難民身分證，跟Belleville（美麗城）那群溫州幫派有些牽扯。事發之後他立即被列爲重大嫌疑犯，銀行帳戶被鎖住，歐洲各大車站、機場都下了通緝令，但還是教他偷渡跑了。

中法警方聯手在葉軍老家瀋陽逮住他之前呂豔已不見蹤影，我們猜她唯恐葉軍報復躲起來了，警方那邊的說法是她被視作重大關係人必須隔離保護，但我隱約聽說她是住進精神科病房。最後告別式她沒有參加，恐怕她也不適合參加，一群台灣人痛罵大陸人都是狼心狗肺，程宴彤是呂豔的替死鬼，死的應該是呂豔。

在停屍間一見到彤爛得不成樣的屍體，彤的媽媽立刻撕心裂喊，聽得在場所有人鼻酸，「這還是人嗎？明明知道她最愛漂亮，把她的臉劃成這樣，我女兒這麼可憐啊……」一陣腿軟幾乎昏厥過去，彤的爸爸滿臉是淚趕緊扶住妻子，彤的哥哥顫抖著手在身分鑑別書上簽字。很快底，彤的爸爸結束了在大陸所有投資，葉軍在大陸被判死刑，呂豔則成爲程家一個永遠記恨的名字。

台灣和巴黎這邊的華人媒體很有趣，他們報導的是剛好相反的兩個程宴彤：心地善良生活單純性格開朗因爲出於對朋友的正義感被誤殺；感情複雜私生活不檢點被大陸人愛慕不成遭致殺身之禍。法國媒體則比較著重在此事對兩岸關係的影響，以及如何促成中法罪犯引渡條約。

一個人的死投入這廣浩無垠世界中，頂多一、兩天的社會新聞版面，縱身跳下去激起不過一絲小小漣漪。

呂豔決心分手留下三個月房租、生活費以及一封信，正好彤辦妥美國簽證，她想去找一位在波士頓的阿姨，順便看一下環境，也許就離開巴黎改往波士頓學習。呂豔搬過去暫時跟彤住，過幾天彤就飛了行前還交給我一副鑰匙備份。葉軍原非善類，他認爲程宴彤唆使呂豔跟他分手，呂豔是背叛者，程宴彤是破壞者，他要殺的究竟是呂豔抑或程宴彤？或在他喪失心智的狀態下，見誰殺誰？如果那天的情況稍稍更動，結局會不會不一樣？

有幾個數字不斷在我腦海裡周旋著，七點四十五，八點十分，十點三十六，九點以及四十六。這幾個數字狠狠地編寫了幾個人的命運。呂豔說她七點四十五出門，因爲八點十分有課；警方查出彤的手機十點三十六響過沒人接，所以她在這之前已遇害；法醫從屍體研判，她遇害時間應該不早於九點。

一共，彤被砍了四十六刀，這是裡面最沒有意義的數字，除了舉證一個人的殘暴程度，法官作爲判刑標準，愛她的人更氣極傷痛，這些都與亡者無關了，在這數字之前，彤已經脫離了肉身，喪失所有生而爲人的官覺能力。

呂豔下午回到家，嚇傻了，撥電話給我，「程、程、程宴彤她……」我知道事情終於發生了。是我報的案。

進門一路從客廳紅到臥室，地毯完全浸在血液裡，牆壁、家具、書報都濺上血色，我的皮鞋踩在地毯上發出血漬吱吱作響的聲音，然後見到了彤，她趴在床的邊緣，雙腿跪著，面朝下，似乎是個祈求或者祭拜的姿勢。四十六刀全身哪還有一處完好，彤的臉尤其被劃得凌亂不堪，法醫鑑定致命傷是頭部遭鈍器重擊。

要砍一個人四十六刀，必須持續無間斷處在一種恨到要燃燒的情緒，恨到對方已經斷氣你仍然停不住手，恨到耗盡最後一絲力氣舉不起刀子方才停止從人變爲一隻獸的狀態。

門窗沒有破壞的痕跡，門上有貓眼、暗扣，所以是彤爲他開的門，連兇器都是直接用她家廚房的。她絕沒有想到對方會做到這個地步，葉軍從來不在她的故事裡，在她的故事裡葉軍連個配角都不算，即使她知悉葉軍的性格，但這與她何關呢？她的世界向來以她爲中心，不過是給一個朋友方便，她又不眞正操心別人，或許葉軍忘了呂豔的課表時間，或許彤說出不中聽的話激怒他，或許他曾逼問彤呂豔的去處……這些都跟四十六一樣失去了意義，永遠不會有答案。

晏彤執意決定自己的故事，卻由一個故事以外的人決定她的結局，這是命運的殘暴。死神不曾事先詢問誰值或不值得，祂不動聲色地降臨，攜著祂的選民離去，這也是命運的公平。

告別式之後彤的哥哥曾握著我的手深摯說謝謝，彤跟他提過我，說我對她很好，是她在巴黎最信任的朋友，那一刻是我爲她的死唯一流淚的時刻。我再沒有勇氣與程家聯絡，我的情緒已經乾涸了，空白一片。當回憶走到此處，我眞的並不太難過，理性分析起來，這是一樁愚昧的暴力，程宴彤恰巧成爲受害者，生命因此結束，事情就如此簡單，這個世界每天都在發生。

宴彤卻複雜太多、太多了，她的死跟她的人無關，祇她的死深刻了其他繼續活著的人。除了理性分析她的死，將她的死亡與她分開，她不是被命運指定爲死於非命之人，該去記取的是實實在在活過的她——我無能任自己沉在悲傷裡，我是軟弱的。

她再沒有平凡的可能，宴彤永遠停留在芳華年歲。但死亡不應該風格化我愛過的宴彤，我總願意細細想著她，她的喜與悲，俗與雅，奮進與頹廢，犯錯與榮耀，豐潤與貧弱，初昇與腐敗，她猶如華美的玫瑰與醜陋的衁血，她所留下鮮濃的唇膏與潰爛的傷口……

我心裡的宴彤永遠未曾結束在那一片紅色裡。

曉旭

遇到她的人分為兩種，
一種是愛上她，
另一種是認為自己沒資格愛上她。

沈曉旭佔據在我意識裡的時間，與我意識到自己的時間幾乎等長，起初是因她的美，後來，仍因爲她的美。

一個人的美如何能成爲另一個人的夢魘？我反覆思索著。

她與我的童年同在，與我的少年同在，與我部分成人同在，然而命運的偶然性完全不足以解釋這種佔據，換作任何一個別人，任何一個不是沈曉旭的人，我的生命定定絕然不同。

她在我對世界尚一無所知時，以自己的美爲我決定了事物的意義。如果不是因爲和沈曉旭一起長大，我不會過早發現人生原是場不公平的競爭，她從小就美，不祇是可愛、天眞、聰穎，是紅顏的那種美，美得不近人情，美得沒得商量，美得不循序漸進，從我初見她，她便已長成那樣，並非一步一步成形的，而是一生下來就成全樣。

眼見她活在我的世界裡成爲主角，還是孩子的我卻無能爲力將她驅逐出境，如同所有人，我也喜歡她，殷勤接納她的來臨，逐美，趨美之心，人皆有之。自我意識的開展便來自曉旭是美的，而我不美，我比曉旭醜。她且擁有可以烘托、加強、成全她的美的一切條件。

我一直活在沈曉旭的「傳奇」下長大。

我名叫曾鳳仙，鳳——仙，報上名時，最直接會想到的兩個字，俗氣平庸，家庭理髮、文具行、五金雜貨店也都這麼取。而從她名爲曉旭這點便可略見她父母的教育程度、美感見識，一個溫馨美好的中產階級家庭。幾步之遙的我家，上演的卻是完全不同的戲碼。我離她的美太近了，她是我的鄰居，她媽跟我媽買菜常遇到，他爸跟我爸是社區球友，她跟我是同班同學……

曉旭學鋼琴，曉旭學芭蕾，曉旭得到書法比賽冠軍，曉旭拾金不昧，曉旭被選爲優良學生代表，曉旭幾度被星探跟蹤，曉旭爸爸開車接她放學免得被一群男生窮追不放……甚至曉旭兩歲時拍奶粉廣告被首席大明星抱過，曉旭剛出生被一群護士爭相擁親竟而親出皮膚疹，此類前朝遺事也廣爲流傳。

自小我便知悉一個女孩長得不美就注定了她的不幸，我厭惡那套切勿以貌取人、內涵比外表重要的說辭，空泛而無謂，如果我取得美的那一邊，自然輕易就能善良起來，樂意施捨給醜的那一方我遊刃有餘的善良。眼睛最直接，眼睛不會說謊，眼睛往往能穿過心底，將所接收到的美的訊息，與眞與善放在一處。

沈曉旭太美了，於是，便輕易地太好了。

沈曉旭有如我的一面鏡子，會說謊的鏡子，鏡子裡反映的不是曾鳳仙，而是曾鳳仙想成爲的沈曉旭，永遠不可能替換的鏡中身影。被大家喊「胖ㄚ」的我，一頭媽媽剪成的鍋蓋短髮，成天如一粒黑球似的到處翻滾，爬樹、抓蝦、玩殺刀、拿水鴛鴦炸人家後院……鳳仙似個小男孩，而曉旭則是半點無折扣的小女孩。鎖在家族資料木箱子裡的童年照片是我一處隱痛，一堆人中間曉旭輕易就會被挑出來：多麼甜美的小女孩啊！鮮明對照出我是她身旁毫不起眼的平板布景。

那時爸爸還在事業順當階段，媽媽在貿易公司擔任會計，我跟兩個弟弟打打鬧鬧的一家也算和樂，平靜生活中引起我心湖波濤的就衹有隔鄰的沈曉旭，她幾乎讓我早熟，知曉了挫折、殘酷、永遠不可能希冀得到的一種悲哀。那些年沒有人察覺，或許沈曉旭自己也一無所悉，她竟默默傷害著曾鳳仙，而我的陰暗悲觀便在不為人知的牆角邊自開自落。

鄰居幾家人集體出遊，住在一間靠海的旅館，當所有小孩子在那邊蹦蹦跳跳鬧吃鬧喝時，某家媽媽往曉旭看了一眼便說：「我得趕快把床鋪好，不然等下曉旭怎麼睡，別累壞我們的小公主了。」或許聽在其他孩子耳中這沒什麼，但我立時就感覺卑微，我們是一群嘈雜喧鬧的動物園猴子，曉旭是個會知道十層棉被下有顆豌豆的公主。

沈曉旭講起話來睫毛一搧一搧的，類似這種差別待遇比她洋娃娃一般的睫毛更為濃密繁多，沈曉旭與美與特殊厚愛連成三等號，習慣了我也就不特別感覺到，就是這樣吧，人生得好，生得美，美得正確，自會讓人問都不問地就無限憐愛，美就是一種特權。如同律法一般，在她的美面前，人人平等。

從最早，我便是用一種神往的眼光看著曉旭，連嫉妒都不會，因為我們之間差距太遠太遠了，如何說服自己去跟她放在一起比較？連比的資格都不成立，比的結果就更毫無意義了。沒有人應該去嫉妒一位天使。

「Lucky-Lucky-」聽到一個小女孩輕聲在呼喚，她從角落裡碎步跑過來，一邊辮子的緞帶鬆了，微微地滲著汗，神色有些慌張，我立刻傻了，窘迫於自己好粗蠢。若我形容那時她的模樣，那麼請自行幫她加長拉高，便是她後來的模樣，生物學上我們稱之爲「不完全變態」。

我自行製造過太多關於她的美的說法，但我的形容必然衹能接近而無法分毫無差地重現她的美。正如詩，我們無法用另一個語言對譯出詩韻、詩色、詩律。論及每一官未必皆符合西方審美標準，但比例以及分配如此均勻協調，不偏不倚，留白得恰恰切切；那種美需要巧合，需要老天爺的恩典。而我或者可以拆開來評論她各自坐落精確的五官，但與生俱來的氣質才是她最奪人之處。

白皙肌膚，不粉而嫣，美人尖凝在豐圓飽滿的額頭上，兩旁額角有些嬰兒髮披垂著，修出她一張正鵝蛋臉。鼻子俏挺，嘴唇圓小而飽滿，兩道不秀氣的濃眉，自眉頭濃到眉梢，襯得一雙杏眼更爲黑亮，清澄純澈如深山中兩斛泉水。她媽媽得意地「抱怨」過女兒生得如此美，她跟先生都不知拿她怎麼才好，捨不得罵啊，成天就擔心她這擔心她那的。她還喜歡幫曉旭穿上粉色系上衣，搭配小短褲、燈籠七分褲、牛仔吊帶裙，粉色搭配她的肌膚更加鮮嫩好看。

她透著一股逼人靈氣，而又說不出個確切，任誰都覺到她有個不足，如此楚楚惹憐需要悉心對待，還得切切叮囑，唯恐她遭受折損。見到她，大家的心情會特別的詩意沉重起來，彷彿自己有義務要維護她的美，那美的發生太難得。

「妳好。」小仙女睜著眼睛朝我說。

「妳好、妳好。」我拍了拍身上的泥土，隨手就丟下剛剛和好的泥球。

「我剛搬來，住在那一頭。」小仙女朝後轉了一下頭。

「我家也住附近。」

「可不可以幫我一起找小狗？」我連忙點頭，心頭快樂極了。

曉旭養過很多動物，因爲是獨生女的關係，她跟我說以後結婚要生很多小孩，因爲她一個人太寂寞了，我聽著反而覺得羨慕，我家是連一個蛋黃月餅都要分三份，獨生女多好啊，電視劇裡面大官的女兒不都是獨生女嘛。她養過小雞、小貓、小狗、一缸子魚不打緊，印象中連烏龜、蟑螂、黃金鼠、白老鼠都養過，她不忍心傷害任何一條生命，把牠們都當作朋友。而我則是看到蟑螂定會舉起拖鞋努力瞄準，非打得牠遍體鱗傷再追加幾下讓牠傷重不治。

我感到對曉旭有分責任，她是孤零零的善良公主，我得成爲她忠心的玩伴與護衛。我們每天一起上學放學，我好吃貪玩，衣領的潔白很少維持到放學，她不一樣，永遠梳著整齊的頭髮，身穿乾淨的制服，連那頂小橘帽也鮮豔一如剛上市的柳橙。她的便當盒是日本製的，上面有星星小孩的圖案，因爲沈伯伯家族經營卡片，也代理日本文具，所以她家有各種卡通圖案的用品以及好幾大櫃卡片。

同學間流傳說我在利用曉旭，因爲她家有錢，她家有很多日本的東西，所以我才像隻哈巴狗一般繞著曉旭打轉，當時我很氣惱，但同學說得也不全錯。在那樣綿長得像是沒有盡頭的日日重複當中，傻氣呆瓜的我，無非歡喜於曉旭提供的童話綺夢元素，我羨慕她身爲獨生女所擁有的一切，就像我們藉著銀幕上電影情節來治療無趣的人生。她的房間猶如愛麗斯夢遊仙境，由沈伯伯親手設計裝潢，同色一款的床舖衣櫃書桌梳妝台，天花板上畫著藍天白雲，雲朵悠悠微笑著，房間全暗時就變成一彎月牙兒伴著幾顆星星。

曉旭過生日邀請一群朋友到家裡慶祝，大家都很榮幸被邀請，穿上最好看的衣服赴會，各自擠出零用錢的最大額度買禮物。沈伯伯幫大家訂了一套兒童餐點，沈媽媽親手烤了水果蛋糕，還擺滿一桌進口高級零食飲料。那天隆重登場的是一隻與曉旭身高相當十幾年之後突然在台灣再度走紅的Hello Kitty，曉旭樂得跳到爸爸身上親臉好幾下，沈媽媽舉起相機連著按快門，捕捉寶貝女兒一顰一笑。從曉旭家離開時我們人手滿滿的卡片信籤文具，各種尺寸各種圖案各種用途，全任我們挑選愛拿多少拿多少。

小學三年級那年爸爸投資生意失敗，賦閒在家的他總沉著一張臉，見我便開始問東問西，多半是數落我哪裡不好，即使我夠好他還是要挑剔，弟弟們皮慣了往往不太搭理，我卻不理都不行。放學回家如果看到客廳一片漆黑，我心即竊喜一番，表示他去打麻將，或者去洽談新工作，但情況往往是他在客廳茶几上擺著撲克牌，排成小山形狀，兩張牌湊成十三點便丟到一旁，一直到小山塌平，如此周而復始，可以一邊罵我一邊擺牌。課本裡有篇〈愚公移山〉，我就想到爸爸的「愚」和那座高了又平的「山」。

「去哪？」

「到曉旭家。」

「去幹嘛？」

「跟曉旭寫功課。」

「一天到晚到人家家裡，人家會討厭。」

「沈媽媽要我過去的。」

「還頂嘴。」

「眞的是沈媽媽叫我過去的。」

「妳這孩子怎麼一點沒有羞恥心，不許去！」

那應該是我最常窩曉旭家的一段時間，到她家做功課，一起看卡通、吃點心汽水，曉旭很大方，有什麼東西都跟我分享，沈媽媽偶爾問起我家情況，我都將嘴巴拴牢，由於感到羞愧。有過一、兩次沈媽媽打電話給我家說留我睡一晚，我和曉旭一起伴著月亮星星入眠，臨睡前沈伯伯還來親曉旭，「鳳仙陪妳，那爹地就不用講故事嘍。」

在家失業了兩年爸決定到國外發展，老朋友幫忙他安插進一家航空公司在美國的部門，職位還不低，這一來便是長期的缺席離家，衹有在暑假我們一家人才會在美國團聚。我不怎麼難過，這總比成天拿我當找碴目標好得多，而且對家庭經濟而言，爸這一走的確改善了不少，畢竟媽媽擔任會計的薪水要養一家子很有些緊張。但再怎麼樣都不如那天朝會校長當眾宣布要頒獎狀給本校沈曉旭同學，沈家爸媽捐了兩萬塊作爲冬令救濟。這一下等於對全校宣布沈曉旭家裡多有錢，她父母爲人多麼有愛心。我們班導師顯得得意非凡，當學藝股長的曉旭一進辦公室便像新嫁娘一般被介紹給所有老師。曉旭懂得謙虛，表現出事不關己的平靜，在同學面前也不會故意炫耀，但我總覺得沈家爸媽這麼做，多半是爲曉旭在學校製造一個好形象，他們樂意出錢爲他們美麗的女兒錦上添花。

我總是又榮耀又羞恥地站在沈曉旭的旁邊，所有人都羨慕我和大家眼中的公主一起長大，我是公主的鄰居，甚至還有女同學爲了想拉攏曉旭而跟我爭風吃醋。我沾了她光芒，但殘酷點說我也襯托著她，我的長相很普通，成績很普通，如果按戲劇角色分配，我就是那種女主角身邊的綠葉，戲分輕薄性格模糊，但少了也不成。

曉旭無法理解我的感受，說來無可奈何，她所擁有的一切讓她無法產生同理心，她是善良的，侷限性的善良，過分幸福的人便注定了無法眞正的慈悲。在她身邊，不時總有些瑣瑣細細的事刺痛我，這不是她的過錯，一如她自然會散發一種體香，混合著茉莉、奶香、草莓甜味以及淡淡的鮮草氣息，她的房間、她的一切物件皆染著那種香氛。當弟弟野了一天回到家，攏進門的同時還有一股悶灶味，我一聞見便侷促地擔心起來，難道這氣味便是我所來自的世界？

起初是偷看媽媽租來的言情小說，被我讀出滋味來，我開始花很多時間在閱讀課外讀物，那裡面的世界遼闊到我終於可以分心不去想沈曉旭。我不再喜歡被當成沈曉旭的「綠葉」，小說的世界讓我生出與前不同的心思，我買了本附著小鎖頭的日記，勤懇地記載著所見所感，這使得我生出虛榮與自信，日記當中的主角——我——是曾鳳仙，我認爲自己早熟又善感。

少了我，她在她的世界依然是公主，關於曉旭的花絮等於校聞一般，高年級的她愈見亭亭玉立，男生爲她寫情書、寄卡片、傳字條、送小禮物，跟蹤她回家，偷偷按她家電鈴大喊她的名字，她上體育課男生班集體往操場探出頭，她迎面走過所有男生無不行注目禮，他們總爲她加冕若干至爲美好的外號，他們近乎膜拜般對待他們心目中的小女神。

小說不見得藥到病除，對於女主角的種種描寫，總讓我聯想到曉旭，我竟然連最基本的自戀能力都有些喪失，畢竟在意識到她的同時才意識到我自己，這樣的習慣太長久了。站在稍遠的距離看她，並不因此就減輕被她的美所螫傷的觸覺，她的一顰一笑，一言一行，就像生在小說中一般，驚豔人眼，動人心魂。我常躺在床上跟自己玩一個「數到十，變魔術」遊戲，閉上眼睛從一數到十，我家的擺設咻一下變成沈曉旭的家，我則變成沈曉旭，我哀哀苦求著祇要三分鐘就好，給我一張沈曉旭的臉三分鐘就好……

我會用那三分鐘來到我喜歡的男孩面前，隔壁班的康樂股長，很會打躲避球的陽光男孩，他出現在我的日記裡已經好幾頁，對他綻放出最甜美的微笑，我知道任何男孩子都無法抗拒沈曉旭，她的臉，她的香氛，她的家庭，她的一切。我的幻想力受侷限在一個太接近言情小說女主角的沈曉旭身上，出不去，甩不開，丟也丟不掉。

國小畢業典禮，沈曉旭當然代表全體畢業生致詞，還在典禮中表演鋼琴，看著沈伯伯沈媽媽坐在台下，眼中充滿著悸動，沈曉旭的五官分別取材自他們臉上，沈曉旭的一切便是這對出色夫妻給予的，他們以自身創造了另一個生命，他們對自己的作品滿意極了。當曉旭從台上走下來時，沈伯伯溫柔地伸出手承接著曉旭，曉旭轉了一圈臥在爸爸懷裡，父女兩人像是在跳華爾滋，我的眼淚便掉下來，我的爸爸在遙遠的美國一個月頂多兩通電話吧。

●

國中生活的展開對我而言是歡欣的，學校按照智力測驗成績分班，她在前段班，我在中段班，一進校門便壁壘分明，她往仁樓，我往愛樓，即使偶爾見著了也祇點頭微笑寒暄一、兩句便罷。在這所男女合校分班的國中裡，沈曉旭自然很快成爲小名人，別人談起她，我祇當作聽見陌生人的名字。全校到大禮堂集合，班級與班級交錯而過，一名男生抓住沈曉旭的手說妳好漂亮，這讓她們班女生大驚失色，班導師立刻向上呈報，校長隔日朝會嚴厲訓示，爲免日後發生毀損校譽的情事要大家檢舉這名男生，等於爲沈曉旭的美做了官方背書。我感到極度厭倦，一切不過再重複一遍，憑著她的臉，絲毫不費力。

「沈媽媽說曉旭哭著說妳不理她，曉旭好難過，到底怎麼回事？」

「沒有啊。」

「妳們吵架？」

「沒有。」

「妳不要隨便欺負人唷。」

「我又沒對她怎樣！」

「那她爲什麼會哭？」

「我怎麼知道！」

「妳們一起長大的，曉旭這孩子從來不會跟人生氣，她一向有禮貌，一定是妳對人家不好。」

「我沒有！」我突然吼了起來。

「沒有就沒有，幹嘛這麼兇。」

「她眞的很幼稚耶！」我極痛快地迸出這一句話，媽瞧著我，沒接話，或許她認爲我在宣告青春期合該有的叛逆。這之後我發現我的日記、學校週記都被動過，還有我偷借的羅曼史小說也被遣送回租書店。我懶得理我媽，繼續我行我素，她自己還不是在《姊妹》雜誌後面的一疊性知識黃頁上圈圈勾勾。我要是發生什麼事我媽不難應付，但我媽什麼事都跟我爸報告，我眞瞧不起她，明明嫁了一個不負責任又大男人的老公，他在國外的外遇對象還寫信到家裡來鬧，我媽就是不肯離婚，怕丟臉，怕一個人撐不起整個家，還總對我們姊弟三人說要尊敬你們爸爸。

我已經快兩年沒見到我爸了，我寧願被寄到姨媽家，也不想搭二十幾小時的飛機去美國聽他訓話，那種冷清的聚會場景衹會加深我的失落感罷了。

國二有堂自由活動課，曉旭與我都選到文藝組，指導老師徐煜東師大畢業剛當完兵來任教，他的樣貌端正渾身充滿朝氣，總隨意穿著T恤泛白牛仔褲。第一堂課大家才自我介紹完，原先知或不知道沈曉旭的這時都已記牢了她的長相與姓名，頭髮剪到耳下三公分，毫不妨礙她透出眾所不及的清新恬雅。

徐老師每次都會想些新點子啓發我們對文學的興趣，發補充講義、看電影、玩遊戲、集體創作、交換舊書等，然後再要我們回家寫一篇文章當作功課。一次他要大家分別在四張字條上寫下時間、地點、人物、事件，人物必須寫自己，然後混在一起抽籤，每一組根據抽出來的條件必須編出一個圓滿合理的故事。遊戲進行沒多久就發現不少人作弊，沈曉旭一直被編入各個故事中，「你們不要欺負沈同學喔，害她同一個時間得東奔西跑！」全班哄堂大笑，曉旭則是害羞地低著頭。徐老師和沈曉旭是這堂課最受矚目的一對男女吧。

相信徐老師從未留意過我，直到第一次發還作文本，他當著全班的面大大誇獎了我一番，還影印我的文章給大家，其實國文的確是我所有學科中比較突出的，但被一個受歡迎的老師如此稱揚，鼓勵我參加省縣作文比賽，「好好訓練一下，將來說不定會成爲我國偉大女作家。」回家的路上，我忍不住嘯歌起來，千篇一律的綠樹野花都令我感到如此鮮新欲滴。

幾個禮拜下來我一直都是這門課的風雲人物，一再被問起喜歡哪些作家，平時選些什麼書來讀，如何增進作文能力。徐老師要我私下到他辦公室，送了我一本現代作家散文選，我的心雀躍到頂端堵住了喉嚨，不知該如何接話，面對他的鼓勵衹會愣愣地點頭。那份從小說裡習得的不著邊際的情思靠了岸，他的形象在我心裡日益壯大，我則益發羞怯，他幾次笑我：「曾鳳仙，走路不要看地上喔！」這份情思更讓我對自己的身材容貌空前徹底的灰心，那感覺近乎「無顏以對」，如果生著一張沈曉旭的臉，一副她纖長的身材，那麼我的幻想該理直氣壯多了。

「這堂課上了半個學期大家作文越寫越好，老師很高興看到同學們良性競爭，這回鳳仙還是寫得很好，但是曉旭進步最多，得了最高分，老師先念一下。」掌聲轟然響起，男生補了幾聲口哨。可徐老師讀到一半我便察覺沈曉旭這篇東西是抄來的！我家附近出租店文學一類的書幾乎都被我翻遍，有本二十年前的舊書封面已經半脫皮，內容記錄著一名十七歲少女的手記，她提到卡繆、齊克果、《日安憂鬱》、《夏濟清日記》……讀得我欲懂非懂，衹耽戀被包圍在憂鬱氣氛裡。

沈曉旭竟會做出這種事，還抄一位自殺以終的天才少女。我眞覺得不可思議，沈曉旭啊沈曉旭，妳竟也有這麼一天。當老師念完，所有人爲本班之花熱烈鼓掌，我轉頭朝沈曉旭那邊看去，用盡所有力氣丟給她質疑的目光，我沒法當眾掀她底，但我要告訴她：「我知道妳是抄的！」曉旭回應我的眼光顯得不安而閃避，這使我得意起來，她清楚我也清楚她終究不如我，連抄都抄得不漂亮。

沈曉旭開始鬆動了她天使般的無瑕形象，早在不知何時起，我便知悉了她不是天使，她祇是一個巧合地擁有了天使外在條件的凡人，這一次被我掌握到了充分證據，多願意全世界都知道她做出這件卑鄙的事，我要揭發她就像撕掉她的臉一般，丟掉天使的假面。也許我們很難挑剔她的外表，這不意味著我們應該怯懦於直視她的不堪卑瑣。

自我們「同班」以來，曉旭曾經努力找我交談，活潑地發展一些話題，甚至還在我生日當天送上精美禮物，想及這些我不免生出些微愧疚感，或者她不是故意的，因爲某種原因便偷懶抄寫現成的東西。但我仍感到憤怒，憤怒當中包含了對她以不正當手段跟我分享「榮寵」的輕蔑，畢竟是我第一次越過她被看見，對方又是我所私心戀慕的男老師。我想用匿名者的身分告訴徐老師眞相，推演了幾百次，草稿在我心裡改了又改，終究沒實踐。

一天我被通知去訓導處，不是透過公開廣播被叫去，而是用一張公事字條要那堂課老師放行，一般都知道不會是什麼好事，要不通知家裡有人亡故，要不被舉發什麼嚴重犯行。訓導主任、教務主任和訓育組長等幾個人在辦公室等著，他們丟出一封信問這是妳寫的？上面畫著Snoopy打網球的圖案，我從沈曉旭家拿過一大疊這款信封信紙……腦子霎時空白起來，我怯怯地拿起來讀，信裡面坦露了曾鳳仙對徐煜東老師的愛慕，希望嫁給他，爲他做所有的事情，他去教書我在家帶小孩，他下班我做飯切水果，晚上還幫他一起改學生作業……當時他們一定從我的表情讀到了他們想像的答案，因我難堪極了，信的內容貼切描寫出我所想像與老師的未來，最驚異是筆跡與我的如此近似，連我都懷疑自己是否眞寫了這封信，但我沒做啊，將幻想落實成爲文字再寄給老師？沒有！眞的沒有！我不敢！我……「妳才幾歲就寫這種東西！徐老師才剛到我們學校沒多久，妳不要害到老師。」我想這事如果發生在沈曉旭身上，大家便不會如此看待，頂多嘆息一下：「欸，美少女都愛幻想嘛！」但輪到曾鳳仙，再抗議、解釋也無法洗脫嫌疑，因爲誰會花力氣去栽贓給一個不起眼的胖醜女孩？人們期許的是郎才女貌，女若無貌則有礙觀瞻，予人不舒服不對味之感，

之後大家看我的眼光越來越怪異，我收到「曾鳳仙，大醜女！」「不要臉，愛老師！」這一類的字條，以我爲主題的流言也四起：我找曉旭談判，因爲嫉妒她被徐老師稱讚；我那麼平凡怎麼可能寫得出好文章，一定是從哪裡抄來的；我爸背負債務離家逃亡，是個逃犯。我懷疑是那群嫉妒我的作文班女生，她們手裡有我文章的影印稿，碰巧用我也有的信紙，但不僅是我的筆跡被抄襲，還有我對老師的心情，我從未對任何人吐露過……這衹是單純的惡作劇？是誰？會不會沈曉旭知情？或者——就是她做的！

我非常畏懼課外活動時間，不敢正視徐煜東老師，他照舊談笑風生平常對待任何一位學生。下課時沈曉旭拿了本書去請教徐老師，我看不下去，徐老師就像所有男生一般會被沈曉旭的外表炫惑的，我寫出再多文字都已經喪失優勢了。老師拍了拍沈曉旭的肩膀，從我的角度看來，他對她特別的親近，特別的溫柔，老

師從未如此對待我。

從未如此希望趕快把時間過完，早上起床望著窗戶透著晨曦日色，我的眼淚便掉下來，我眞不想上學，才十五歲的我感覺自己好老了，也說不清到底是什麼將我的生活挖得坑坑疤疤的，成績從中等變爲中下，生活變得無所期待，更喪失了目標。一回到家就洗澡，早起出門上課前也洗澡，總覺得自己被「監視」，我得徹底清洗乾淨，身體發散出沐浴乳香味，頭髮飄著洗髮精香味，否則渾圓平凡的體貌更會讓人聯想到豬一類的骯髒動物。

國三被分到後段班，同學們一律被看作沒前途於是眾生平等，我反而自在，跟著抽菸、訂做制服、打薄頭髮、穿三個耳洞、罵髒話。幾個投緣的組成「七姊妹幫」，我排行老六被叫「紅豬」。我們看誰不順眼就集體出動去警告誰，剪對方一節頭髮、用菸燙手背、罰唱〈先總統蔣公紀念歌〉、廁所裡蹲馬步。我極度地滿意自己，極度地厭惡自己，心中一把熊熊烈火，燃得燦爛光亮，燒得自己灼痛。我爸打電話來罵我是太妹我直接砸話筒，跟弟弟吼，跟媽媽吼，動不動就摔門，一張臉不上個幾種顏色不出門。我很想扁一個人，常在廁所牆壁上大筆一揮寫著沈曉旭做作女，作弊鬼，死三八，正當我策劃著找個好時機到升學班去警告一下沈同學（好時機意味著下課時間且徐煜東不在仁樓辦公室），七姊妹被罰到花圃打掃環境衛生，沈曉旭和一群前段班女生碰巧經過。

「鳳仙，好久不見了。」她在眾人面前一派大方和善，我不得不微笑點頭，心裡也奇怪，她那種刻意親近的態度，顯得我和她交情不俗，但好壞班的學生一眼即可分辨一向不相往來，她倒不嫌紆尊降貴。

「妳都好嗎？」

「還好。」

「有時在路上看見妳，感覺妳都匆匆忙忙的。」

「喔，是嗎？還好吧，有時候我就是這樣。」見沈曉旭一時接不上話，我趕忙說：「打掃時間快結束了，那我們下次再聊。」

「好，下次再聊，一定喔。」

高一那年沈曉旭便出國了，到加拿大念書，沈家爸媽也搬離了原先社區，入住到一幢郊區別墅。

這很自然，所有小公主都得培養成將來的少奶奶，出自中產階級然後嫁到中產或者豪門階級，意外的是她寄信給我，跟我描述她在加拿大的生活，住在有養狗的寄宿家庭，周圍都是森林公園，水土不服了一陣子，後來愛上鬆餅淋楓糖便讓她胖了五公斤（讀此我心裡一樂），書念得很辛苦英文程度差太多，同學對待她並不友善……「我很羨慕妳，因爲妳比我擁有更多的自由。」

我沒回信。

她第二第三封信接連寫來，信寫得很誠懇，那是一個比較人性的沈曉旭，也奇怪，遠在天邊時反而覺得她可親，或許沒她那張臉在眼前作祟讓我得以釋然，單就內容眞讀得出她有些寂寞，離開培養她成爲公主的環境，光環自然黯淡些。我沒回是因爲我在國四班，生活不見天日。

我爸不准我讀五專高職，他人不在，但我媽一向據實以報並且大事都得先請他裁示，「丟不丟臉啊，我在國外辛苦賺錢，她不好好讀書，將來去當女工？」我媽替我找了間以管理嚴格出名的補習班，半年學費比國中三年加起來還多。每天擠在狹窄的座位間，我不是坐下聽課、考試，要不起立到講台前挨打，每科老師按分數下棍子，少於標準一分打一下，數學科我差太多，怕打到我不能寫字，改打屁股，我的臉貼著黑板，狠狠吞下恥辱感告訴自己身體不是我的，暫時被放在所有人面前被馴服，完全不閃避棍子不吭聲。班上傳言我是大姊頭出身，正好，至少沒人敢取笑我吹氣的身材，九點睡半夜三點起來K書餓或不餓都猛塞食物。七姊妹早散了，七個裡面有三個陸續先有後婚，一個跟男友運毒被逮住，我不想跟以前的任何人聯繫。

中午吃完便當枕臂午睡之後，所有人被帶到樓頂做體操，導師帶完操就來個精神講話，「我有個學生，考上北一女的那天，她跑到台北天橋上，望著下面人來人往，她想怎麼世界上那麼多人渣啊！」在這裡唯一的眞理就是考上理想高中，用盡一切方法一切手段壓榨自己贏取高分。七樓高度，要嘛走兩層樓梯下去回到教室裡乖乖念書，要嘛直接跳下去當一秒鐘的自由飛人，除此外，我知道我出不去了，我得熬過去，熬過去就能飛起來，遠遠不祇一秒鐘。

活活吞進教科書死死牢記到腦子裡，再原原本本把教科書內容還給考卷，這就是準備聯考的機械過程。曉旭說英文單字總是查過又忘、忘了再查，我也被書本弄得很惱火，但背英文總比背沒色沒味的物理化學、公民道德好多了，曉旭的信越來越中英夾雜，我羨慕她身處在異國，她才比我擁有更多的自由。

聖誕節我寄了張卡片附上幾句祝福，沒再多寫什麼，她或許知道我在國四班，我們從未說開。她熱烈回覆說她開心極了，我們小時候也會上課偷偷傳紙條，有一張我畫著娃娃頭她還留著……我感到鼻酸，我想自己是眞心喜歡過曉旭的，童年的感情近似親情，根植在那兒，過了多久都還在。曉旭並不明白我對她曲折複雜的心情，她對我的感情遠爲簡單多了，但我並不預備承接，延續，加深，在那樣的年紀裡我先想到的是自己因而選擇逃避，我永遠不及她，任何一種處境下，曉旭仍是曉旭，就將她當作是一個過去的朋友，讓一切都過去吧。

自然的，她的信越來越稀疏，我連卡片都不再寄，她在那裡已經有了交遊圈，印象中最後一封信她說戀愛了，沈家爸媽不知道，她很痛苦，對方很折磨她……我的感想很奇怪，我希望更糟一些，多盼望她能跌倒，此處彼處折損一次都好，多盼望世人終於見證到她的不完美。

●

「遇到她的人分爲兩種，一種是愛上她，另一種是認爲自己沒資格愛上她。」

「那不跟斯斯一樣。」谷谷嚴厲盯著我，她沒用這副眼光對待過我，我冒犯了她的女神，祇好自我解嘲：「對啦，笑話很冷。」

「因爲妳沒見過她。」什麼啊，我不僅見過，還倒楣地跟她一起長大；每當她形容那女孩時我腦中對應的畫面總是沈曉旭，我跟谷谷提過曉旭的事，她或許腦中對應的也是她的沈曉旭，那些個莫名其妙擾亂別人生活陰魂不散的紅顏美人。

而正當我的沈曉旭自我的生命逐漸淡出，她的沈曉旭卻日益揪緊著谷谷。她們國中高中一路同學，兩人是最知心的手帕交，後來她到法國學鋼琴，隔著時空的距離，谷谷的沈曉旭沉重地盤據在她心頭，谷谷發癡發傻了，把自己的日記寄給她，就差沒明說日記中指涉的情感對象就是她。

「揪心妳懂嗎？」

「懂吧，也不算太懂，說說看。」

「想到那個人，妳會心痛。」

「對她就是這樣？」谷谷挑起眉毛點點頭。

「不祇這樣，她能觸動到我最深的……欸，每個人都是雙性戀。」

「老套！」

「是老套，自己在裡面就不老套了，是眞理。」

「獨木都知道？」

「男人就是笨嘛，祇要妳沒跟別人發生關係，他們不會太在意，頂多認爲那是以前女生班時期的同性愛。」

我跟谷月華電影系同班同學，我讀過國四班，她高中留級一年，所以我們在班上都自覺比同學成熟，不愛搭理任何人，眞正熟起來是因爲辦活動認識谷谷的男朋友獨木。獨木是原住民念舞蹈系，體魄精實健美，五官俊挺分明，自己策劃舞蹈劇場表演，谷谷對他的評價卻是胸大無腦。谷谷是從外星世界來的，腦袋結構跟一般人不同，神經線交相錯亂，卻錯亂成獨特的美感光譜，不能說她怎麼漂亮，谷谷卻自有獨特一股味道。獨木跟我一樣都崇拜谷谷，谷谷衹會實話實說，他把谷谷所說的那些同性戀情結用來印證他的女朋友確實與眾不同。

已遠了的，不曉得怎麼莫名其妙藉著谷谷又回過頭來找我，我說沈曉旭不過就是美女嘛，跟我曾鳳仙早已交錯而過，偶爾聽媽媽說起她如何如何，衹讓我覺得她更遠了。她的生命就是她那種長相那種家庭會走的路，美國大學名校，雙修企業管理與藝術行政，到有前途的機構去實習，被一群有錢ABC家公子開著賓士追求。我則念到大三就被二一，電影系沒啥好念，去拍就是，生活可說自得自在，除了討厭回家。

我爸從美國回台灣定居，呈現欲退不退的半退休狀態，擔心飛機再度出事一旦拿高層開鍘他的閒差事會不保，又擔心政黨輪替會減發他的退休金。父女倆照面也無話可說，我習慣用單字回答他的問題，他總一副上級指導態度命令家人，對我媽說話更加倍如此。難道過去那十年都不作數？他是個多麼不盡責的丈夫與父親，我媽依舊侍奉他爲老太爺，看了我就心煩，乾脆在外面租房子住。他欠我半個童年，他欠這個家很多，欠我媽更多。他知道他已經失去民心，衹曉得扣著錢不放換取安全感，以免我們帶錢遠走高飛拋下他不管。我想出國念書，他不肯出半毛錢，搬出那套現在高學歷失業的那麼多，應該老老實實去找份工作，要不準備國家考試當公務員。其實他想在大陸買房子養老，已經去過幾次物色地點，或許還物色女人，外遇在我爸又不是第一次，我媽故意不離婚，挨到這麼老，哪能什麼都沒撈著就便宜另個女人。眞的，這個男人完全不是個東西，可他是我爸，而一段婚姻折騰了二十幾年之後又變成什麼……

「很想找個人愛。」

「找不到？」

「對男人我基本抱持著懷疑的態度。」

「愛女人嘛！」

「對女人毫無遐想。」

「妳的問題是找不到人愛，還是不愛任何一個人？」我抽了幾口白長壽，想不出答案，手指伸進去摳肚臍，摳得痛了，我還是回答：「我是找不到人愛。」

下次約見面，谷谷把照片帶來，聽谷谷說了千百遍的女主角終於登場，端坐在鋼琴前方側著臉長髮灑然微笑著，我見過衹有一個感想：這不又是一個沈曉旭！那種靈氣美女，美得正確，美得不容商量，眉眼那股說不出的況味，可以想見有多麼折磨人。我心裡暗罵谷谷啊谷谷，品味也眞保守到家，這不就是標準的甜美玉女，異性戀市場最暢銷的款式嘛。「照片拍不出她的氣質的，她本人比這好看幾十倍。」谷谷沒救了，不跟她爭辯也罷。其實我連帶在罵自己的沈曉旭情結。

她聽我說沈曉旭，我聽她說她的沈曉旭，我們對於彼此的沈曉旭有著外人所無法理解的深刻感受，非筆墨非言語可形容，她想過以此寫劇本，我想過編個獨幕劇，但她的劇本充滿浪漫感傷，我的獨幕劇意旨在諷刺。我自問爲什麼心裡那道傷口一直無法痊癒？我都有了自我主見，有充沛的女性主義觀點支持我排斥社會所架構的外貌決定論，但我總覺得哀哀的，聞到淡淡的血腥味，我是被刺一刀的永久留疤患者，那一刀卻是隱形的，連殺害我的人自己都不知情。

「我建議妳愛上她就得了。」

「什麼啊！」

「愛上她那麼對她所有的情緒便都來自愛情，一點也不奇怪，她再纏著妳十幾二十年也不奇怪，妳就不用花費心思去想原因，妳再不必嫉妒她，妳祇會嫉妒別人也愛上她。」

「辦不到！我不愛她，即使我嫉妒別人也愛她，那是因爲別人不愛我。谷谷小姐，妳太誇張了。難道妳因爲太過於嫉妒才故意讓自己愛上她？」

「才不，我很早便以男人對女人的心情看待她。」

「想碰她？」

「不想！」

「那嚴格說起來就不算同性戀。」

「算不算不重要，我愛她才重要，我不想碰她並不代表不愛。」

「是、是、是。」

「性跟愛怎麼會是一件事呢？身體的動物性可以是異性戀，身體的精神性那是虔誠的純潔的，甚至無私的。就算一個男人進入她的身體我也不會痛苦，那是性嘛，那男的絕對無法像我如此愛她，我以整顆心去感受她，我敢說沒人比我瞭解她。」

「難道妳對獨木純粹是性？」

「不是，他跟我變成同一個人，久了嘛，我不會特別去想到他，我是說獨木不會變成我思考的主題，跟他做愛就跟自慰一樣。」

「怎麼不說是亂倫？」

「自慰本來就是亂倫。」

「拜託！這跟我不可能愛上沈曉旭一點無關。」

「對，無關，但我想會不會有可能妳愛上她，就原諒了她？」

「她是她，我是我，我才不要愛上她。」

「妳覺得會愛上她的男人不該愛妳，因爲妳與她如此不同，她是偶像型暢銷歌手，妳是創作型實力派，妳明明常把她放在天秤上做比較又不承認。」

「她跟我無關啦，我們很久沒聯絡了。」

「仙，妳的反應顯示妳們息息相關。」

「又怎樣？我就覺得很倒楣嘛，從小就認識、跟她一起長大。」

「這是上天給妳的功課。」

「好險我不愛她。」

「妳知道我對那個女孩很心痛，這也不算是不幸吧。」

「妳怎麼不說自己才是執迷不悟？什麼希望所有電台祇播放古典音樂，這種女孩會適合妳喔？見鬼了！」谷谷不語，那個沈曉旭眞是她的痛處，非理性可以辯證，適不適合根本不重要，谷谷的情緒陷在裡面才是事實。就像我怎麼不相干地被擾動一下，那沈曉旭又復活了，更可笑是藉著別人的沈曉旭來煩自己。幸好，曉旭已不在我的世界裡，而且我對她沒有一絲愛情幻覺。

「妳應該要破處。」谷谷又哪根筋不對扯到這話題。

「爲何？」

「不然妳更在裡面出不來，一個男人的侵入會使妳分心。」

「我很想啊，留著那層膜又不會發獎金。但我不像妳那麼專心想著沈曉旭，扯到我這裡幹嘛，我們的問題不一樣。」

「妳其實一直怪對方。」

「沒有，不是怪，人家長得好又不是她的錯。」

「其實我也怪她，她太美好了，不然我對同性這部分潛能未必會被開發。」

谷谷和我又各自陷入沉思，我們的討論不會有答案，我這部分的問題根本是自找的，而谷谷的問題也非她一人可以單獨解決。但我們又覺得對方的問題要解決其實很簡單，癥結都在自己身上。這個沈曉旭和那個沈曉旭，或者世界上許許多多個沈曉旭都是一張臉的問題，我們祇需要渡化自己釋然那張臉，不爲那張臉找尋太多附加的價值，爲那些價值附加太多情緒，便不再爲那些沈曉旭所困。

而我知道我一直在意著沈曉旭是因爲愛情，我等了許久，始終不曾降臨，不見有誰來喜歡我，我自己也是飄飄忽忽地常換好感對象，卻不曾有哪個好感對象注意到我，頂多拿我當哥兒們，有的還在通MSN時跟我告白他是同性戀，直接掃我進安全名單中，對我毫無愛情方面的聯想。我以爲這是容貌的問題，我長得不好看，人群裡面很難被一眼瞧見，可以後天稍改良的身材也不好，常常逼自己有一餐沒一頓，還是會收到男性朋友轉寄來「Lose weight in ten days」「吸脂貼夏季特賣」「射手座減肥法」等。

但在心裡，我被愛過很多很多次了，將沈曉旭的五官一筆一筆描下，拓印在我的臉龐，我爲自己換上那樣一張臉，那是一張所有傳聞中的系花校花都不及的臉，眞的，我不曾看見可以與曉旭匹美的另一張臉，神魔般不可思議的美，遇到她的人祇會愛上她，或者認爲自己沒資格愛上她。到現在我都還幼稚地跟自己玩「數到十我就變成沈曉旭」的遊戲。這麼多年避著不見面，不跟她聯絡，我都清楚她仍舊生得美，不等時間決定，不用累積不用轉化不用改善，她的美麗會忠實追隨著她的主人，難以有起伏消長變化。

我有我天涯海角的夢要追尋，湊夠了錢我就飛，遠方一定有更美好的事物在等我，至少在那裡，沈曉旭什麼都不是，我跟她的過去無人知曉無人在意無人舉證。我相信遠方的男人會更多元化底看待女人，甜美玉女是亞洲文化區特有產物，無個性無性慾無主見，專供滿足虛渺幻想卻未必有相符的思想深度，而我不，我需要見解獨到的男人才懂得欣賞。

爲了不夠美這回事，我進行過無數次天人交戰。沒有走上整型那一路，那是因爲有太多地方需要改善，若祇是眼睛不夠大那就割出一對雙眼皮，但跟沈曉旭一比較，我還有鼻子、下巴、顴骨、身高、小腿……種種缺陷，就算都改正了，她的純美氣質也不可能降生在我身上。爲了另尋出路，我拉拉雜雜讀很多東西，參加小劇場，接觸電影、藝術、正路的異路的思想，故意斜著倒著看待事物，努力讓自己擁有內涵，總結要辦到就是一句話：曾鳳仙是特別的。

卻在很多時候感到灰心，我的世界裡立著一堵牆，水泥植到我牙床似的那麼深，任怎麼也拔不動：如果我是沈曉旭我會活得輕鬆很多，任何事我的臉都會爲我鋪排好。她的氣質將她天使化、完美化了，沒有人能夠抗拒天使，天使祇要一微笑，所有人都願意爲她賣命去建造天堂。鏡子裡的自己卻對我說：妳不是，妳永遠都不是，一秒鐘都不是沈曉旭。我無奈自己，我可憐自己。我決定將來絕對不要生孩子，讓另一個不確定容貌的生命降臨這世界，多麼殘忍，多麼冒險，萬一女兒也遇到沈曉旭……

爲什麼上帝允許沈曉旭成爲我重複而做不完的惡夢？

隔天舉行聯考，我慌張不已，奇怪不是已經上了大學怎麼還要考試，我的教科書參考書全燒了，也不知該到哪裡應試，一下在國四補習班，一下在小學大禮堂，一下在作文班教室，闖這闖那的找不到考場，疾忙奔跑中想著如果我是沈曉旭就好了，所有人都會原諒我，有人偷考卷有人洩漏答案有人會幫我加分數老師也不忍心責罰我，一陣熱烈的掌聲，沈曉旭從台階上走下來，沈伯伯伸出手迎接女兒，曉旭轉了一圈臥在爸爸懷裡，父女兩人像是在跳華爾滋，我開始數一、二、三……曉旭的臉陰森森湊過來說：鳳仙，妳不要當小偷——

谷谷被人下藥，半夜丟在旅館門口，獨木揹她回家之後還昏睡了兩天。谷谷準備要告對方，男方媽媽求谷谷，家裡就這麼一個兒子他爸過世得早都怪她沒教好她保證兒子以後不會再犯，谷谷氣得砸了人家家裡一櫃子玻盤杯盤最後還是沒告。那男的高高瘦瘦白白淨淨話不多看起來很老實，我對他會有印象是由於他追過我，當得知他也同樣送花給谷谷和我們劇團另一個女生，大束豔紅鬱金香夾著一封萬言情書，我突然被人重重摑了一耳光。生平頭一回享受被追求的滋味，卻是一個以同樣招數亂槍打鳥的無聊男子，我們還陸續收到他所謂中學掉的臼齒、中森明菜親筆簽名照、爲我們戲劇演出做的筆記。怎麼谷谷會跟他去看電影，還發生飲料中下藥這種三流劇情，這谷谷也眞是。

「他怎麼可以把我像垃圾一樣丟到旅館門口！」我想像著那瓶罐裝奇異果果汁，巫藥一般濃稠的綠色汁液，前此我並不知悉有這種口味，窄窄的拉環瓶口瞬間被拉開、下藥，谷谷祇喝了一半，之後卻是她人生空白的幾個小時，像一段強迫曝光的底片那樣慘白，她氣憤自己竟然徹底不能參與。

谷谷覺得自己髒了，當然並非出於八股貞操觀，也不是因爲獨木，而是她覺得對不起她的沈曉旭，谷谷心中完美的公主，虔誠天主教徒，乾淨透明兼且纖塵無染，不食紅塵煙火祇飲露水維生。「我本來在她面前就覺得自己很俗，現在更配不上她了。」

「妳不覺得自己落入可笑的異性戀圈套嗎？什麼叫自己髒了，配不上她？拜託，谷谷妳在幹嘛，要不要做一齣樣板戲。」

谷谷無言，挑染的幾根髮絲垂下來，她緩慢地拔下一排耳環，有兩個穿在耳殼上，她整個人的神采彷彿從那排空的耳洞裡流失了，顯得如此疲累。我的話她聽不進去，此刻她必然想著她的曉旭在身邊就好，不用聽鳳仙在耳旁聒噪。

「去醫院驗過沒有？」

「驗傷？有。」

「驗孕呢？」

「沒事，我有吃藥。」谷谷眞是身心分離，心裡整個充滿了她的沈曉旭，身體卻還是身體。性愛分離對我來說尙屬理論階段，但她又何必那麼辛苦，連在這個時刻都還繞著彎地顧慮到那女孩，如此身心分離恐怕會耗損谷谷，她從來不是那種不敢當的人。

「還不跟她表白？」

「萬一嚇到她，從此不跟我聯絡。」

「試探過問她對同性戀的意見？」

「隨便聊過，她說不贊成也不反對。」

「妳悶不悶啊，有本事就跟她表白，撕幾頁日記算什麼。」

「爲什麼妳自己不直接找沈曉旭談一談？」

「又來了，我們的問題不一樣。」

「離的也不遠。」

那段空白畢竟給了谷谷勇氣，她氣憤被排除在自己的人生以外，再無法等著任何事被決定，縈繞在她意識中的主角是她的沈曉旭，她要以愛情方式彌補回來。谷谷去了法國，待滿三個月返回台灣，然後又去，之後再沒消息，我忙著打工賺錢沒多去關心，遇到獨木他沒特別提起我於是認爲他們分手了，也就是說谷谷和她的沈曉旭……

●

會與沈曉旭在這種情況下重逢實在始料未及。

我與朋友相約在一家很刻意後現代的餐廳，等得無聊翻閱店內時尚雜誌，一陣香水味經過，以爲來自雜誌內頁附贈的香水試用品，那香水味卻轉過身似底又飄回來，離我越來越近，我盯著鄔瑪舒嫚晃了一會兒神，猛然抬頭一望，眼前的波浪捲長髮女子朝我一笑：是鳳仙吧。那女子樣貌是我多年惦念不忘的，我太熟悉了，而當她逼在眼前時，我卻覺得——我的熟悉紛紛潰散了。

我在國外待了兩年多，關於她的消息總會有些三姑六婆傳給我媽，我媽再傳給我，講起來這些姑婆們都是一副豔羨口吻。念完碩士她便跟一位在矽谷工作的美籍華人結了婚，男方家長希望趕緊抱孫子，於是婚後不到兩年她便生下兒子，刻意餓得比婚前還瘦，就怕一發胖失寵於老公，她最大的興趣是和婆婆一起蒐集Hermes、LV……

眼前這女子不僅裝扮講究還顯得貴氣，誰都會評價她是位俏麗典雅的少婦吧。此刻，我所聽來的她，終於落實了她該有的相貌。但那可以是另外一個人，另一個非名爲曉旭的人，若說是曉旭——便不那麼美了，我自內心覺得她不美了。似乎有些什麼東西被磨掉了，她顯得「平」了，我說不上來。眼睛最直接，眼睛不會說謊，眼睛往往能穿過心底，來到我眼前時便證明——曉旭的人生終究沒有走成傳奇。

我伸出手淡淡微笑說：「曉——旭，眞好久不見了。」

仙仙

我想為那再不曾發生過的美麗日出寫一封信，
寄給年輕郵差已認不出的地名，
寄給綽號叫掬水仙的小女孩，
寄給那些個夏日時光，
寄給我永恆記憶所在的中坡腳。

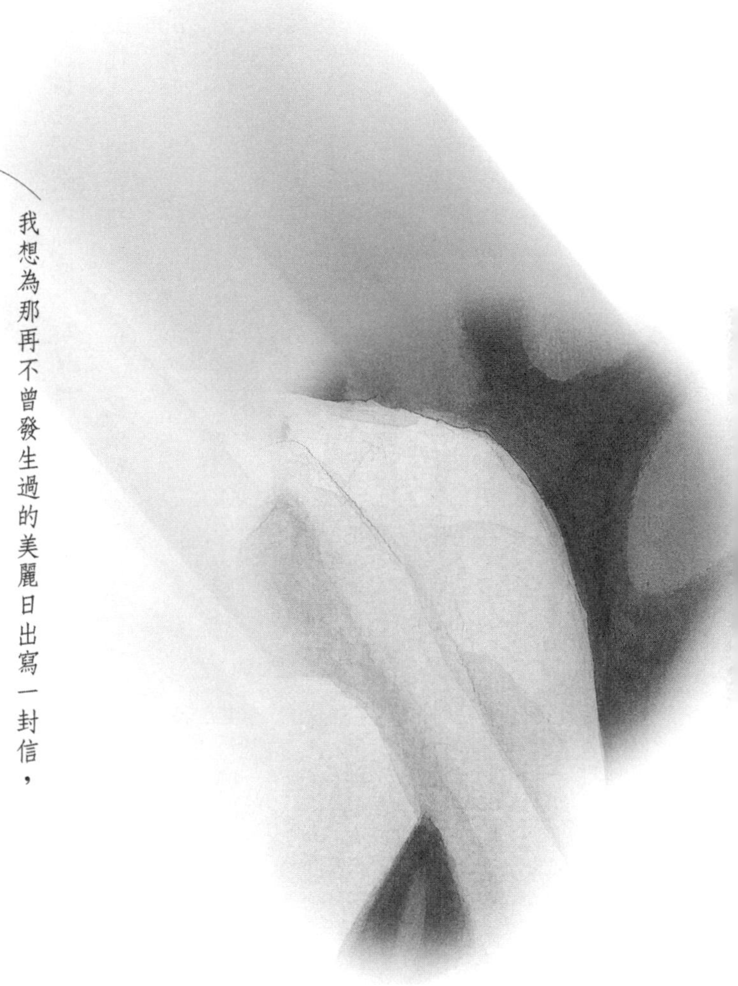

如果信封寫著這個地名，恐怕得老一點的郵差才認得，這地方早在十幾年前就已經改建爲仁德新村。以「十」爲單位，實在不算短的一段時光，「中坡腳」從當初的荒僻村落一躍爲市郊的時新小城。

這一躍的過程，我沒怎麼參與，當初住在那裡的小舅也已搬離，可說我與那裡毫無聯繫，祇除了回憶，佔據我心間遲遲不去的幾個夏天的回憶擾著我——偶爾會想起，會想問那些人還在那裡？他們都好？

我緊緊抓著床柱一角怕誰會來用力搬走我，累了躺在地上仍是不鬆手，過不一會兒，大人們從客廳推出一個理好的胖墩墩的行李，我明白大勢已去，我是非被帶走不可了。

「媽媽剛生完小弟弟很累，仙仙妳是姊姊要懂事，到舅舅家住幾天，等媽媽身體好了，就馬上去接妳。」

我掛著兩楨鼻涕，繼續潑蠻，硬是再沒個大人理我。其實我並非不願意到別處晃晃，反正裝了一袋玩具、沒它我睡不著的巾巾、最愛的寶貝箱，我天生又愛經歷新鮮事，到哪兒都不冷清。衹我心裡不痛快，感覺自己被取代，獨生女的優厚地位一逝不返，甚至恐懼就此被「遺棄」，怪都怪那個莫名其妙來到的小傢伙。

至今我依然能在腦中畫出中坡腳那方小地圖，每一條窄街，每一彎細巷，幾排吊著鮮魚紅肉的菜市場攤位，零食玩具雜貨販舖，神木下那座小土地公廟，鐵桿圍出一個掛著破籃框的小球場，逢雨便畫出深刻輪胎印的黃土坡，銜接這路那路高低不平的梯級，長滿野花野枝的爛泥溝……每每回想起來是那樣分毫無差，全無一塊模糊地帶——記憶如昨，我是那個昨天才自中坡腳歸來的孩子。

令我感傷是現實再也追不回記憶，即便我想差了想偏了，卻已無現實可以對照，一切如水中倒影般虛渺。以影尋實，清晰的不過是個疑問：我問記憶何以從未能放下那裡？童心無憂那部分自然存在，但些許當年事逐漸底在時光中濾出殘滓，清晰而甚至殘忍起來，看似恬靜生活表面底下，若干幽暗、若干隱微其實預告了人生，人生的憂歡悲苦不出中坡腳的範圍，可最初才六、七歲的我卻一點也不明瞭。

到了火車站轉搭二號公路局看見明月堂餅家畫著蛋糕盒的招牌下車就對了。

一叢草草葉葉的小土坡入口，從那裡拐進去，架高的絲瓜藤沿路張掛如蚊帳，大清早經過會滴下醒眼又醒臉的水珠子。再就是一畦畦的綠田，種著空心菜、辣椒、苦瓜、芭樂、蓮霧……尤其像海一般浮動著的布袋蓮，淡淡嫣紫，從水裡穿出來招展著，好一股韻雅風致。

一個男孩站在斜坡下去那條黑水溝邊，眼睛眨著眨著瞧我，嘴巴張開涎涎的，那是民華，黑胖黑胖一顆球；二十分鐘後附近那一幫野男孩全知道這兒來了個台北小孩，再過二十分鐘我就多了個別號叫「掬水仙」，雖愛這麼逗著我，日後他們可全成爲我程度或輕或重的「愛慕者」，因爲我身上掛著閃亮亮的招牌寫著：台北。

這可鮮了，台北，什麼了不得，我不過剛剛才被踢出家門，台北這塊招牌好用，我是來這兒才曉得的。

跨過黑水溝便是一列矮平房，黑瓦片一鱗鱗嵌合的屋頂垂向兩邊，每家還多出些蔭涼的屋簷，像是短了大半的台北騎樓。我打那兒走過，幾個老人坐在椅凳上搧扇子乘涼，滿臉皺紋、褐斑、浮油，用褲帶撐著一袋隆起的肚子，四面八方來的外省口音，以及淡淡揚起長壽菸的菸味，陽光在屋簷與屋簷之間細細底澆灌下來，香煙攀隨著浮動，變成塵埃的一部分。

日後我管這些人叫伯伯，念起來是ㄅㄟˇㄅㄟˊ，外省人都這麼喊，在他們的姓氏和特色之後接上比如蘇伯伯、蔡伯伯、跛腳伯伯、排骨伯伯、芭樂伯伯、豬哥伯伯，有些當然不便當面直呼，可全在孩子間私下喊罵著。

「我先生姊姊的小孩，接過來這兒住幾天。」舅舅提行李走在前面，舅媽牽著我的手尾隨跟著，爲了澆熄旁人的疑惑她自己先就說分明，語氣不親不疏還有些南部腔，帶著距離的禮貌，如她人一般永遠是靜靜淡淡守分守己。

穿梭在曲折巷弄之間，總覺得那裡立體而巨大，我一個孩子的小小身體被安插其中，有些不安，有些畏生，也很理直氣壯底生出虛榮心，自己可變成了個焦點人物。

而其實，中坡腳不過是一塊很小很小的野地方。

幾個男孩子高高低低挨在土墩邊，一個腳跨在水溝邊欄上；一個啃著甘蔗吮乾了甜汁便吐掉，像吐檳榔渣；一個雙手在那裡穿插著一疊尪仔標；裡面個子高一點、年紀大一點、像個孩子頭兒的發話：

「妳台北來的喔？」（「喔」字拉得特別長，不是疑問語氣，是爲再次確認。）

「嗯。」（不熟悉敵軍來意時我祇得應一聲。）

「那裡怎麼樣？」（這、這從何講起？）

「車子房子比較多。」（誰會不知道呢。）

「要不要去土地公廟玩藏拖鞋？」（終於聽到一句像樣的迎賓詞。）

他是阿根，那時不過小學五年級，已可見出某種不與人同的特質，宛如一頭初長成的小豹，骨架精壯，黑得發亮，一筆粗眉毛刷過帶著劍氣，劍下一雙單眼皮鷹眼，隱隱地透著他的野心，他不會埋沒自己在這小地方，遠近很多女孩迷他，迷他身上那種頭兒的架式。

拿著半截甘蔗的是民中，跟弟弟民華立刻能瞧出是同一家公司出品，濃眉大眼得沒有俊氣，加過舞台效果般反而誇大了娛樂性，一高瘦另一矮胖，若說民華是顆慢滾的胖黑球，民中就是打擊老失利的球棒，常聽他們媽媽喊這對成天遊蕩在外的寶兄弟：勞萊！哈台！轉厝喫飯！

至於那一隻腳跨在水溝邊的叫鞋仔，滿臉雀斑話不多，很孝順他的客家媽媽，聽他底下幾個妹妹說起他們爸爸，有說死了有說去坐牢有說去美國賺錢。他家養著一隻猴子，頭腳棕絨絨的屁股卻是好大一塊純正粉紅色，就圈在門口壓水的鐵杜上，我沒事常特意繞過他家就爲了看猴子，直到有次好心餵番茄竟被潑猴扯下劉海一撮頭髮。

晚幾天才出場的是徐煜東，面貌清朗而帶著書卷氣，因爲用功家教也嚴些，他並不見得常常跟大夥一起攪和，可暑假我回來他就出門勤快了。他會拿著《一百個爲什麼》、《小小科學家》跟我說些很有道理的事。有時也逗我，瞧我隨口吐掉橘子渣，我解釋只喜歡吸水分不喜歡把果肉也吃下去，他就說那仙仙妳吃蘋果一定也是這樣嘍。他觸動了一個小小少女對愛情的朦朧意識，徐媽媽有次問我長大要不要嫁給他，羞得我一溜煙跑掉，卻是好樂、好樂的，幾天都在思考這件事。

舅媽幾乎是用一種隱忍的態度對待我，倒不見得我有多頑皮，她那個人就怕引起注意，更擔心我萬一有閃失，領著我跟前跟後，特地幫我安插進育英國小。除了無聊到把一顆酸梅子放進鼻孔裡拿不出來，我還跟一個很嬌縱的女生打架，我打贏了，她帶著她爸到舅舅家門口喊：掬水仙，我爸來找妳了！舅媽立刻出門去跟人家道歉，舅舅在客廳裡直著眼睛看電視沒吭聲，整晚他們兩個比平時還沉悶，飯後也沒人問我要不要喝養樂多、吃水果，我看到舅媽洗碗時偷偷掉了幾滴眼淚。這事之後我便收斂些，至少不在舅媽管轄範圍內胡鬧。

那時代，男女還分楚河漢界的，唯我拿到赦免令，兩邊都玩得開。有一回他們講好要戲弄煜東哥很女孩氣的小堂弟，齊聲喊著：「三！二！……」最後「一」的聲音尚未落下他的內褲外褲已被脫到腳跟，女孩們一旁全尖叫起來，他又惱又氣嚷著要回家告狀，大家便派任我為間諜跟去瞧瞧，就算被識破，我台北小孩的身分也可免責罰。

徐伯伯在院子裡的石磨桌子上揉捏著麵糰，像在耐心玩賞一件古董似的，他白天騎著腳踏車四處賣炸麻花捲，煜東神似他父親，都是那種連續劇當中生得體面的好人。聽了小堂弟的抱怨，徐伯伯淡悠悠底說男孩子在一起玩，脫脫褲子有什麼關係呢。園裡幽靜的蟬鳴聲，他身後兩株芭樂樹（煜東哥採給我吃還特別聲明是紅心芭樂），時間長流中一個重複又重複過的寂靜午後，我悄然撞見，便偷去裁成一幅不褪的與世無爭的圖畫。後來徐伯伯肝癌早逝，兩堂兄弟都讀到政戰學校，煜東哥幾年前娶了在同一所高中任教的歷史老師。

當我隔兩年暑假回去見到王家已經蓋起三層樓房我便明白王媽媽終於生出兒

子了，那是在她連續生下四個女兒的五年後。

月鳳、月華、月娟、月萍，四個女孩都是單眼皮，猴腮尖臉、矮個細肢。從馬祖來台灣時月鳳已經國中年紀，馬祖話比國語流利，降級多念了兩年小學，行事特別顯出一股悍樣。我跟月華最要好，她性格樂天開朗，手勢跟話一樣多，愛吃紅色醃漬的蜜餞、魷魚絲、軟糖；有回被舅舅罰跪，就是我不吃正餐舌頭紅得像剛被滾水燙過，還不承認偷錢跟月華去買零食吃。月娟的左手臂小時候在馬祖給撞斷，司機賠了十幾萬還坐了牢，她不忌諱別人拿她的殘缺說嘴，照樣罵回去一些惡毒字，但在家裡兇起來可是會摔杯子砸碗盤撕姊妹的學校作業本，王家人都不怪她。月萍馬祖話只會聽不會講，逢人便要人家摸摸她胸前一塊特別突出的骨頭（王家小弟也遺傳到這點），她太小了，跟我啊月華那一群女孩子玩不在一起。月萍國中不學好，一直未嫁的月鳳曾經氣到把她鎖在家裡，兩人狠打了一架菜刀把房間門都劃破，她晚上從三樓陽台跳下離家便再無消息，直到她跟男友幫販毒集團運毒被逮捕判了十二年，男友說實話判了六年，她沒說。

王家還祇是兩間一樓平房打通的時候，他們曾分租個房間給一對母子，他們交談完全用馬祖話，老婆婆鎮日緊眉垮嘴，兒子則是老脹紅臉顯得憂憤交加，母子倆四處打工攢錢，身上常穿著藏青顏色的粗衣粗褲，跟電視播放的萬惡共匪有點像，特別是挽著髻的老婆婆張嘴露出金牙時。有天我不小心撞翻了縫紉機的椅子，老婆婆剛好打工回來一臉慍怒朝我高聲罵，月華說她罵我自以爲漂亮就驕傲就到處亂闖人家屋裡，至今我仍弄不懂這句話的邏輯。

我跟著王家、附近一些女孩子一齊收看「雲州大儒俠」、午後台語悲情連續劇、三十五元一票兩片的電影，拿神龕上的雕花酒器來演宮廷戲，我被推舉爲公主，身披大紅花綠的被單，頭紮大紅花綠的枕頭套，從這張床飛到那張高腳椅上。更多時候是玩些女孩子家的小玩意，月鳳會自己縫沙包、用雞毛做毽子、設計紙娃娃的各式衣服，料理三餐照顧妹妹以外，她還幫著王媽媽到鄰近軍營收軍服到家裡洗。國中念夜間部一邊半工半讀月鳳就不和我們玩了，有自己那群女同事圈子。

伯伯喊住月鳳，指摘她懷裡滿袋的芭樂是偷拔他家的，月鳳立刻站上石墩高聲回他沒證據就不要亂含血噴人，芭樂是她和同事去獅頭山旅遊採回來的。圍觀者越聚越多都挺著月鳳，這伯伯爲人霸道，他不准他家周圍十尺內停放機車腳踏車，你跟他爭是公家地把警察喊來也沒用，「我打過毛澤東！我怕啥人啊！去問你老子去！」以老欺小的偷採事件之後，他便被封作芭樂伯伯了。

王家正對門是于妙齡家，于妙齡的媽媽絕對是中坡腳一號人物，一張油白細臉抹得胭紅水紫，厚底麵包鞋踩得迷你裙搖曳飛揚，綽號是依莉莎白泰勒，因爲她正式嫁了幾次，不正式地也跟了不少男人，阿齡幾個弟妹的父親都不一樣。她家人口流動得快，有時見她有弟弟，半個月之後又多出妹妹，等我明年再來弟弟妹妹又像是都分送不見了。于妙齡小學五年級時已生得豐滿高碩，厚墩墩的嘴唇笑起來帶動了整張臉如此憨甜，再加上有些大舌頭，看起來更顯得好騙，男生向來喊她「阿齡果」，沒事喜歡絆一下她的腳、慫恿她嫁給豬哥伯伯。女生的嘴比較壞，吵架就管她叫：衛生棉！衛生棉！因爲她生理期來得早些，又愛四處張揚她媽傳授她的生理常識。

阿根、阿齡本省仔，鞋子媽媽客家人，民中、民華是芋仔蕃薯，月華一家從馬祖搬遷過來，徐煜東父母都是外省人，剛巧應合了中坡腳居民的組成成分，一塊小角落野地方竟然都匯集齊了，當時島上尚未掀起族群意識，我渾然未覺其中此與彼的區別，從沒聽說誰和誰因此鬧翻劃界過，玩在一起溝通也不見阻礙。男孩子愛學外省伯伯口音，若惹惱了老人家，外省伯伯照樣能操台語三字經問候你母親，而綠色軍服的三、兩年輕人剛走過，大家還不都齊聲喊：阿兵哥，喫饅頭，喫得嘴齒黑饅饅！

他們其實全和中坡腳的夏天交織在一起，給予我渾然整體的感性印象。

或許國中以後的慘澹升學歲月，讓中坡腳那幾個暑假特別鮮明難忘，那些事多半不會在我台北的家發生，方格與方格疊起來的封閉公寓，大家的爸媽都告訴他們家的孩子要誠實有禮貌守規矩。人與人之間即便底下唱的是另一齣戲，檯面上都隔著一層禮教的距離，猶如穿著一雙不痛快的靴，劇情便顯得沒有神采活力。

日子過起來很單純但卻一點也不簡單，中坡腳根本不是我們想像的傻氣的鄉村生活，這是後來我才意會到的。把事情樁樁件件搬回來條理一下，發現那裡什麼「偏事」也不缺，我在逐漸懂事的過程中才懂得那個地方，或者說懂得人性，到哪兒都通的人性。這「後來才懂得」也許由於深心裡總把那裡當作故鄉，人對故鄉總特別懷戀，總習慣賦予些美好價值，諸如風景宜人、民風純樸、花特別豔、水特別清，我的後知後覺便在別離那裡許久以後才發生，才肯正視、承認。

只要我三餐正常吃，定期完成暑假作業，舅舅舅媽並不大管束我，所以連著好幾個暑假我都嚷著要去中坡腳，每天就是玩，跟男孩女孩都玩，跟這一群那一群都玩，我不介入他們眞正的生活，因此他們也不眞拿我當回事戒防著，四方說法很輕易傳到我耳朵裡。我也不說，也沒想，那些事一點也不惱著我，我是個孩子，所以就扮演一個小孩子，裝著不懂，或許。

阿齡說她的大腿之所以一粗一細是因爲出生不久發燒導致的，她突然這麼一解釋我才想起來那幫男孩說阿齡果是被跛腳伯伯「摸」過才變成這樣。跛腳人很醜陋，一張丑臉腮幫子鼓出兩顆魚丸，他就住在神木後面，常搬張矮凳看著我們在土地公廟玩，我們都很討厭他，他愛告密說誰藏在哪個坑坑角角後面，踮起腳尖準備要跳橡皮筋時，他也會故意吼一聲破壞我們全力以赴的情緒。他對我倒是和顏悅色：掬水仙！去哪啊？我卻從來不敢正眼看他或對他露出笑容。民中繪聲繪影形容說誰家媽媽跨出跛腳家門時衣衫不整，民中再做出拉開錢包數鈔票的樣子逗得我哈哈笑，他們提這事是要我提防，彷彿一個不小心我就會被那堆老光棍摸了、騙了抑或拿去賣了。煜東哥嘆了口氣總結說：其實不能怪他們，這些老伯伯一個人在台灣也怪可憐，都很寂寞。

沒有誰欺負過我，因爲我是台北來的外地人，台北對他們而言象徵著水準高賺錢快警察局多，小地方可惹不起，舅舅舅媽人又很本分，很少參與大家的七嘴八舌。倒是聽來才曉得舅媽因爲生不出孩子一直不快樂，覺得對不起舅舅，以致我剛出場時被懷疑是領養或者親戚過繼給他們的小孩。不知是否與風水有關，等舅舅因爲工作關係搬離中坡腳，不久我就多了個小表弟，然後是兩個小表妹，幸好我早生了幾年才有機會代替他們在中坡腳生活遊歷一番。

跟著月華穿梭在那些馬祖移民的門廳，多半都有個老婆婆看家，舊樸衣裳彎著老邁的身子，月華混說著馬祖話與國語找朋友聊天，我在一旁乾等其實目的是吃，總有些別處吃不到的甜糕糖餅，滋味甜膩獨特。民中、民華家麻將聲聲不絕於耳，大人在客廳摸八圈，我們從他們身後鑽進鑽出，順手就摸幾瓶汽水，運氣好時剛好誰胡了牌賞小費，大家就衝去雜貨店抽東西，最大獎是楚留香鉛筆盒。颱風天阿根號召大家一起去抓蝦、撿芒果，黑水溝漲成了溪流，小土坡變成了土石流，我們拿洗衣板當溜冰鞋玩得無法無天，結果鞋仔的小妹碰破了頭，那個夏天我再沒見到被禁足的鞋仔。

這些團體合作的快樂胡事，隨著大家日漸長大，朋友們也陸續搬移，當然不若從前好玩。小學五、六年級土土的中坡腳已不大吸引我，我跟著其他同學時髦地開始提前補習英文，迷戀瓊瑤小說，記得《寒煙翠》裡面有「處女」這詞，問一位要好的女同學，她解得乾脆俐落：就是沒跟人睡過啦！然後便讓我惘惘地想起于妙齡，我生命中初次結識的夢露型女性。

我和阿齡的合照至今仍放在我的寶貝箱裡，是豬哥伯伯幫我們拍的。阿齡帶我去菜市場找一個阿婆，她除了算命、看相還兼幫人穿耳洞。阿齡選了一副粉紅色霜淇淋耳環送我，等一、兩個禮拜耳朵不腫了，便取下茶葉根換成這副。我厭惡穿裙子動作張牙舞爪還偏好肢解洋娃娃，除了兩條長辮子以外，這幾乎是我中性童年時期唯一可資辨識的少女物件。有一陣子我走路故意搖頭晃腦，耳朵兩邊鈴鈴的眞有趣，去給煜東哥瞧瞧，他摸摸我的頭笑問可以吃嗎？阿齡很迷金瑞瑤，自己便學著也一身粉紅，塗著水果香唇膏，做出V字勝利手勢，頭戴蝴蝶結髮圈壓低她天生的蓬蓬頭，腳上可是貨眞價實一雙絲襪耶，應該是偷她媽媽的。大家都見過她跑給依莉莎白泰勒追的畫面，阿齡才不傻呢，把媽媽的錢藏在電表後面，藏到自己都忘了花，被來修理的水電工舉發。

豬哥伯伯其實挺有藝術才華，脖子上成天掛著相機幫大家拍照留念，哪邊花長得好，哪裡風景出色，每逢大小節慶他都會忠實記錄，加洗照片分送大家時還會用小楷毛筆細心記下日期地點，以及「中秋留影，此夕難再，勿忘，勿忘」之類的眉批。他很愛跟理容院小姐、誰家媽媽、路過的小姐講笑話，那笑話帶點淡黃顏色，倒也不傷大雅，而且他總是穿戴得乾淨整齊，頭髮更被濃香髮雕露貼得一絲不苟，不像其他伯伯天熱就赤膊寬短褲。煜東哥說他其實色大膽小，心腸很軟的，所以我也不怕他。

于妙齡是最早搬離中坡腳的，若我問起，舅舅的口吻就好比在描述一個品行不良的太妹。阿齡新家後面緊鄰著軍營的操場，她在陽台跟圍牆裡面的阿兵哥聊天好上了，被她爸打個半死，其實是她某個繼父，老士官長退役的，她繼父打她，阿齡她媽打繼父，後來繼父跟人借大筆錢回大陸老家就沒再回過台灣。再後來是舅媽讀到報紙社會版，爲償還賭債阿齡被她媽逼著嫁給五十幾歲的賭場老闆，阿齡逃了，而她妹妹被賣到茶室當端茶小妹沒逃成，伊莉莎白以販賣人口名義被起訴求刑，那正好是我上大學那一年。

終於享受到被繽紛綺夢化的大學生活，我自惕自勵要成爲一名有深度的新鮮人，刻意選修女性主義、台灣語言族群社會、馬克斯主義與小說之類頗有思想重量的課程，參與冷硬思辨性社團，對於性別、城鄉、族群等諸多不平現象感到義憤，可在深入知識堂奧過程中，卻又感到踩在雲端一般底氣不足，那些議題於我似乎不算「切身」。原本已經遙遠的中坡腳，便又在我的意識裡冒根著芽，童年那幾個夏天像從骯髒泥土裡長出來的肥沃養分，那一點不是學院的，卻三、兩下便解釋了舉例了許多事情。

紛至沓來的「壞」消息卻也使得我嘆息，童年朋友怎會如此景況不堪，怎麼如此不長進，過得不是太不安分守己，便是過度提早安分守己。那裡不鼓勵女孩子多讀書，要不就早早嫁人生子，要不就是國中畢業到附近工廠賺錢養家；男孩子的出路主要是混幫派、當技工，好一些的讀到專科、軍校。總之不論誰在興風作浪一陣子之後，終究歸於平淡的人生，對我而言無滋無味的人生。

經歷了更遠更長的時光淘洗之後，方察覺沒有所謂「壞」的人生，沒有任何人需要因應普遍價值而活著，好或壞教旁人說去，我也不過是乖順地服膺了社會體制在潮流中隨波應和著。內心裡對中坡腳的喜愛益發深重起來，多麼慶幸那些角色曾經眞實出現在生命中，要不屬於我的腳本一定更蒼白單調。瞧！民華後來一點也不胖，歌喉好到參加五燈獎闖到三度四關，被一家唱片公司找去出合集，唱片內頁裡說他覺得快樂和善良是人生最重要的事。

一陣腥臭味穿越熱風而來，我們見到阿猜姨推著給豬吃的餿水車走過，鼻上掛著一副超厚近視眼鏡，眼珠像是貼在鏡片上的兩圈靶心，斗笠、布手套、雨鞋到此都還是農婦裝扮沒錯，可她純金重打的耳環、項鍊、玉鐲，再加上永遠蓋不住門牙的噘嘴抹得紅枝枝，簡直是阿齡媽土氣版。阿猜她家可是中坡腳最早一幢三層樓，兒女都被送到城市念書，先生經營出口西瓜的生意長年不在家，不知是否因爲她家旁邊是個豬圈，她跟鄰居互動並不多，我打她家門前不得不經過時也定要憋著氣快快通過。

那一回，從阿猜姨吐出的話還眞是、還眞是……

胖墩墩的蔡伯伯坐在門前將報紙翻來折去，老花眼鏡緊貼著每一條新聞仔細拜讀，獨生女也總乖巧地坐在一旁，她鮮明的五官一半遺傳自阿美族血統，渙散的眼神是由於中度智障，好早之前蔡伯伯「買」來的太太便跟年輕男人跑了，跑之前還倒了大家的會。大家見他青春期的女兒越長越胖，中圍尤其發脹得厲害，都猜是懷孕了，而且頭號嫌疑犯暗暗指向蔡伯伯，沒有人說破說開，不過在巷弄間私下流傳，倒有伯伯義正辭嚴出來發話：「老蔡人最老實了，操他媽的屄，誰講話像共產黨一樣王八蛋！」陽光曬得他女兒怎麼也不紅潤，反而像一團肥膩的豬油，鮮嫩白透，悶悶地封在那裡。我有點怕她，她總是盯著我看，朝我傻笑，好像我有多麼對不起她，我是唯一可以救她的人，我總是慌慌張張自她面前走過，焦切希望她別注意到我。

春節年初六蔡伯伯請客吃飯，沒請他家對門養豬的，阿猜推著餿水車出門前，特地朝窗裡的阿齡媽媽笑著說：「嘸跟人睏，按怎喫人家的飯。」大過年的，當主人的蔡伯伯絲毫不動聲色，一群外省老伯伯或許也聽不大懂台語，祇阿齡媽媽氣不過回了句猶查某！哭什麼夭！至於兩個女人互扯頭髮、吐口水的情節多半是男孩們自行添加的，流傳到夏天他們故意當著我面問：「阿齡果！睏飽嘸？」往後再碰見阿猜姨時，總不自覺會特別留意她嘛得紅枝枝的嘴，一個女人嘴裡竟會吐出這樣如辣椒紅火的一句話，眞是連豬嘴都望塵莫及吧。

那個畫面縈迴又縈迴著：蔡伯伯女兒懷裡眞抱著一個嬰兒，還是跟以前一樣白糊糊胖團團的，倒不朝我笑了，專心地衛護著小嬰兒，咕咕咯咯逗著小孩笑，神情很安詳滿足。她眞生了個孩子？孩子的父親又是誰？當我遠隔著中坡腳的夏天，記憶也在當中失去了所有線索，故事下文湮埋在時光的灰塵底下，一口氣吹起來，那畫面或許只是我的幻覺微塵。

想起中坡腳，常是一個一個畫面，片片段段，零零星星，或者我爲這些不連貫的畫面找到連貫的情節，便套用上去，久了，以爲這些都確確實實存在過。但又不然，回憶不會造假，假的部分叫做想像，不是回憶，而關於中坡腳的回憶那樣清晰，在我的腦海裡反覆搬演了不知幾遍，難不成我是古時說書人，每說一回便添改一回，那些個被時光所篩剩的夏天其實是我自說自話而後認定爲記憶？

大家都喊他排骨的蘇伯伯人長得仙風道骨筆墨功夫不錯，大家春聯、祭文、離婚狀紙等都是請他寫，他是中坡腳的學藝股長，形象清新有如司馬光。直到那個阿姨出現，關於他的部分便漆上一抹浪漫色彩。不知哪一天，她便來了，拎著個箱子招呼也沒打就娉娉婷婷來到中坡腳，我以爲我是親眼見她來的，到現在仍清晰不褪她和顏柔語的姿貌，層次井然的戴安娜髮型，臉龐盈圓清麗，一雙大眼睛彷彿溜轉著千言萬語，絲襯衫長圓裙淑女鞋。我說她像「上尉夫人」方芳芳，月華說像「我歌我泣」的胡慧中，阿齡爭說像銀霞啦，誰啊？演「第二次一對一」的那個；我們三個最愛到二輪戲院看兩片三十五元的電影，看完還熱烈爭執裡面誰很三八誰最漂亮誰跟誰最相配。

阿姨跟丈夫吵架負氣出走，於是便投靠老朋友在中坡腳住上一段時間，大家都看出來蘇伯伯對阿姨有若干情意，阿姨也總是老蘇、老蘇柔柔底喊著，兩人站在一起雖有些年齡差距，倒又都有一股質地相近的細膩味。由於蘇伯伯平時爲人不錯，三姑六婆這回可不造口業了，那群男生看見阿姨還會裝斯文打招呼，我跟月華特地下田去撈布袋蓮送給阿姨，她等在土坡旁邊輕聲唱起來：轉眼秋天到，移蘭入暖房，朝朝頻顧惜，夜夜不相忘……身子晃悠悠地打著節拍，那畫面眞底非常抒情文藝片。

那一回實在不該就直接闖進去的。中坡腳人家除了睡前或者外出門戶多半不上鎖的，阿姨和蘇伯伯合衣躺在床上，兩人側著身臉貼著臉說話，月華張口便三八問：你們在一起睡覺喔？阿姨和蔡伯伯同時搖頭否認但也沒太多反應，月華推說是我找阿姨有事，我哪有什麼事就是喜歡找她嘛，就算有事現在也說不出口了，我隱約感到某種詭祕的隱諱的大人之間的事在空氣裡發酵著。

然後？然後阿姨一語不發走在前面，她先生無奈地跟在身後拎著行李箱，蘇伯伯跟她先生握握手然後拍拍他肩膀說夫妻之間要相敬如賓。這四個字我不解，有一回看連續劇「守著陽光守著你」裡面說：「她的入幕之賓多如過江之鯽！」

我不懂便問舅，舅不答，舅媽也不答，這種靜默使我直覺這句話一定有「色」的意思；我便想著「相敬如賓」串在男女身上大概也是這一類的字眼。

半大孩子對男女之事非常敏感，在台北最多祇是班上臭男生愛掀女生裙子，運動會跳土風舞不肯跟男生牽手，媽媽耳提面命如何提防色狼，但男女之事說到底究竟是什麼個形狀、內容……我還眞是在黑暗甬道裡瞎摸瞎走。因此在中坡腳我就像個隱藏式雷達網，大家全不拿我當回事，我安心地吸納來自四面八方的聲音，從人們的語調、表情、動作，他們想說又不好說的部分，去理解男人與女人之間複雜的關係。有時東拼西湊理出個輪廓，自己也會緊張起來，似乎所有人云亦云的蛛絲馬跡都帶著急迫性，恐怕不小心便會急迫到我身上來。但祇要見著煜東哥我的心便甜美安然，他是太陽，滿身都是溫暖光亮。

阿根領著大家到軍營後面的野地夜遊，望著前方高高舉著火把的他，我刻意落在後面。我剛收到他的「情書」，寫著我今年回來對他有點冷淡，也許是不記得他了，這令他感覺不好受。王家大的兩姊妹、妙齡和遠近一些女孩都暗戀他，可我不，我心裡祇有煜東哥，民中民華鞋仔都對我好，但煜東哥才是會讓我好羞好羞的心上人。阿根已經進入國中，嘴邊的鬍碴都冒出來了，對我而言是個「大人」，他之所以令我不安，因爲我還不是個「大人」，不可以跟他發生一些大人才會發生的事，他不應該寫「情書」給我。但他又是大家的英雄，帶著大家玩鬧歸玩鬧，若跟別村一有事，他也會首當其衝正面迎戰，不讓大家受到一絲委屈，自己被打得滿身傷也無所謂。

鞋仔被罰做鬼，大家一哄而散四處躲，早知道我就不偷溜出來玩了，都是阿齡騙舅媽說我們要去土地公廟看野台戲，晚上一般我都在家六點看葉青歌仔戲八點看「煙雨江南」。這野地以前是墳墓，下面的水壩掉下去過一個小孩，聽說每年夏天他會找個替死鬼作伴……剛剛沒注意到煜東哥往哪兒躲去了，我好慌好怕的，拚命往上跑，隨便抓到一叢草堆就鑽到裡面，又抬起頭四處張望深怕自己落了單。這裡算是軍區外圍，架設了路燈並不太暗，見到阿根和阿齡都躲在下面那顆大石頭後面，我想偷偷地移過去跟他們躲在一起，卻看見阿根的手伸進阿齡的裙子裡拉低她的三角褲來來回回摸著，還對她做出噤聲的手勢，親眼目睹阿根做這種「大人」的事，很色很色的事，我難受極了，阿齡果喔……這笨蛋到底懂不懂啊！大家都說她傻傻的，這麼一想我便慌了，怎麼辦，我該不該大聲喝止，可我又不敢……

兒時的我一點不聰明，嘴巴也笨，都不知該怎麼表達心中的憤怒，那件事之後我就不再理阿根，拒絕正眼看他，卻對誰都說不出口眞正原因，更不知如何面對阿齡，我對她有種奇異的歉疚感。至今一點也想不起來那晚究竟是如何結束，事件之後的心情卻清晰無比，就像那次在電影院不小心看到「基隆七號房」預告片。那是我看過最長最長的一支預告片，長到把故事都已經講得誰都可以自行串起來：一家人剛搬到新家，閣樓上卻鬧鬼，女鬼要這家人替她申冤，男朋友把她分屍了，一刀一刀劃開她的身體，還把她的頭拔下來轉啊轉的……即使之後放映的是卡通片「好小子」，我的心靈已經嚴重受創無法即刻復原，當晚硬是抱著棉被到舅舅舅媽房裡擠張床，祇敢悶頭睡，怕看見女鬼從窗外飄進來，如此持續了一段時間，回到台北爸媽都被我煩死了，夜晚連上個廁所也要人陪，我爸就買個觀音小佛像放在我床頭。阿根對阿齡做的事就這麼恐怖，我不能原諒「基隆七號房」就像我也不會原諒阿根一樣。

我開始懷疑是否該繼續喜歡煜東哥，他比我大三歲，比我早成爲大人，我總隱約感到不安，怕自己失去小女孩的某些什麼特質，比如媽媽說的「好」女孩啦「乖」女兒啦，在我那些明亮得遲熟的歲月中，這眞是奢侈又好笑的煩惱。阿根和阿齡的事根本沒下文，阿根日後混進大幫派，還做到分支的堂主，女人絕對沒少過，還幫一位知名女星護過場子，每次社會版刊登到那個幫派時我總會特別留意，內心也不無渴望他鬧出個什麼事讓狗仔隊偷拍，我好奇那頭小黑豹現今的模樣。

眞正在中坡腳鬧出點事的是月華和鞋仔，那時還眞一點影都看不出來，他們兩個樣貌中庸，平時也算守分，也許這是所以他倆可以躲過中坡腳曲折巷弄間的無數眼睛耳朵。抖出內幕的是月華班導師，鞋仔約她在哪見面，結語附註英文情話三個字外加兩串心被一支箭射穿。月華被拖打到門口，王家爸爸威脅說要把她送回馬祖，王家媽媽預備幫月華轉學時已經遲了，月華國中沒畢業就嫁給鞋仔，他們的小孩也在媽媽肚子裡喝了喜酒，等鞋仔當完兵，夫妻兩個就搬到屏東墾丁經營潛水器材出租店。

我的寶貝箱裡就屬月華送的東西最多，她知道我喜歡蒐集「小」東西，任何比實物尺寸小的東西都愛，即使我人在台北，她都會留心幫我先收起來。王媽媽抱怨有次她把人家送的日本瓷娃娃腳上的鞋子給拔下來，那是一雙藍底繡金的小木屐，精巧極了，她還送我小鋼珠算盤、樹幹紋小杯子、一副迷你撲克牌……等到她們家四姊妹一齊擁有當時剛在台灣上市的鬈髮芭比娃娃，我被分到芭比的一個菱花形髮夾。

每天我都會細細玩賞一遍寶貝箱，尤其是箱裡加入了新夥伴，睡前會一瞧再瞧，然後我就愉悅滿足地睡著了。那晚，舅舅突然衝進我的房間將我抱起來，舅媽在門口等著，我們一直跑一直跑，周圍的人也在跑，一直跑到小土坡舅舅才放下我又跑回去，怎麼中坡腳亮了一片啊……連著三間屋子著火了，夜提早醒了似的，人聲一片沸騰轟鬧，有人爬到屋頂石綿瓦上鑿洞，小孩子在下面尖聲大哭，大家全吼著接水！救火！一桶傳著一桶，那幾個男孩子也出動了（事後他們還向我誇耀自己的正義精神），等到消防車抵達卻開不進來，接了好長的水管才把火勢澆熄。

豬哥伯伯家的電線走火，他在別處打通宵麻將，當得知噩耗趕回家，一看自己親手張羅安身許多年的窩瞬間燒成空窟窿，完全傻了，幸好旁邊兩間只是房屋外表被燻黑。舅媽抱著我在一旁，我看到豬哥伯伯眼睛泛紅，有人拍拍他的肩，他難過得一句話也說不出。但當我隔年夏天再回去時，他家已完全煥然一新，裡裡外外看不出一丁點祝融遺跡，還很鮮新漂亮，據說都是大家幫忙整修裝潢的，我和阿齡的合照就是在他「新」家拍的。

從沒有那麼「早」醒過，一個孩子的眼睛從未迎接過從黑夜到黎明之間的交遞時刻，中坡腳的天空毫無遮蓋，不是從一口窗戶看出去，亦非被一群高樓折扣過的，而是豪奢而完整的一大片天空，神祕如聖靈施洗般籠照了我整個人。那般雲彩流離曦光變幻，絕非我的言語可以著色的日出過程，怎麼形容初初綻放的鈷藍曖昧參差在欲隱欲藏的靛紫間呢？那角落裡的一團火吹開了夜霧，天際即由幽黯逐漸來到晰明，等火一熄，天也亮了，澆熄的火彷彿是用來燃亮大地的，而大地在我眼前即是中坡腳那一塊很小、很小的野地方，那一群平凡生活在天底下的子民。

我想爲那再不曾發生過的美麗日出寫一封信，寄給年輕郵差已認不出的地名，寄給綽號叫掬水仙的小女孩，寄給那些個夏日時光，寄給我永恆記憶所在的中坡腳。我要到了火車站轉搭二號公路局看見明月堂餅家畫著蛋糕盒的招牌下車，一叢草草葉葉的土坡入口，幾個野男孩挨在土墩邊問：妳台北來的喔？

後記

不知情還以爲我不到一年即寫出第二本小說，不是的，〈嬰初〉、〈蕙女〉在出版《遠方未完成》之前已經寫就，寫得不好，改都不知從何改起。當初下筆是有個意思要傳達，被我寫過往往可惜了題材。

〈仙仙〉、〈宴彤〉、〈曉旭〉寫得也倉促，我想著，欸，現在就衹能做到這個程度了，多磨幾稿也不會石破天驚蹦出個傳世之作。人家評我，我總是缺點記得比優點牢，銘刻於心，狠狠地立誓要改過遷善，總有一天收復這些「非」我讀者。然而並不是這樣的，文字與我之間，鏡照一般誠實，我，是如何便如何了，顧不及別人，大師經典也巧取豪奪不得。理論上該是自然而然的累積轉化，自己卻感覺不出來，所謂進步這一回事。

相較之下，我無法忍受一個重複的作品更甚於一個不好的作品。這回，我試著走出文字，收斂自己人格的心語症，讓事情發生，讓角色發生事情；隔著文字的紗簾猶疑人生痛不到別人心坎裡。落筆要自己相信——我可以說故事。不比從前，連角色名字都要從哪裡聽來借來才好催眠自己相信他們「眞」活在我筆下的故事裡。錯失憂難的童年，生命經驗失之單薄，還容易看人好處瞧不著複雜曲折，我具備了所有不適合成爲小說家的條件，可我依然寫著。

寫作於我就是要誠實面對自己的限制性，一點飛揚自信不起來。然而我相信時間的善意，相信誠懇與累積，我視每一次創作爲虔誠的練習。這一年異常忙碌，拍攝紀錄片、剪接後製、短期專欄稿、學習人類學本科、跳印度舞、到雲南走訪少數民族寨子，然後拍攝第二部紀錄片，這期間小說進度偏向落後，卻從未曾停止過。而「異常」之中也包括承受到情感與人際方面的負面「恩典」，終於我看世界的眼光變了。人性的幽深皺褶其實就在那裡，沒變，錯在於我過往的狹隘與遲鈍。

出版《女名之書》是爲了要離開，我已經厭棄依靠本能、些許小才華寫作的方式，寫著，容易就感到四處碰壁，原地兜轉圈子，這使得我倉皇痛苦，連平常生活都不大會過了。將最初兩本書都歸爲同一時期，草創時期，它們階段性記錄了我長居國外、以及我對女性處境的若干想法。但終究我得剝掉這些，從異地回到此地，從女人處理到人。

或許有人以爲文學獎、出書繞著一圈光環，再加上我拍紀錄片，似乎再添個亮點，我很高興自己對此一無感覺。關在兩坪大房間，黏在椅子上花十個小時剪接然後丟棄不用，一個晚上抽掉半盒菸寫成幾個段落，隔夜又覺寫得眞平庸。這一切去做又爲什麼？我根本不知道。淺白實說，我也做不來別的。

但我尊敬自己的創作工作，並且會繼續下去。

國家圖書館出版品預行編目資料

女名之書／郭昱沂著－－初版.－－臺北市：大田出版；臺北市：知己總經銷，民95
面；　公分.－－（智慧田；072）

ISBN 957-455-967-X（平裝）

857.63　　94022997

智慧田 072

女名之書

作者：郭昱沂
發行人：吳怡芬
出版者：大田出版有限公司
台北市106羅斯福路二段95號4樓之3
E-mail:titan3@ms22.hinet.net
http://www.titan3.com.tw
編輯部專線（02）23696315
傳真（02）23691275
【如果您對本書或本出版公司有任何意見，歡迎來電】
行政院新聞局版台業字第397號
法律顧問：甘龍強律師

總 編 輯：莊培園
主　　編：蔡鳳儀
企劃統籌：胡弘一
編　　輯：李星宇
美術設計：紅膠囊視覺創意
校對：陳佩伶／耿立予／余素維／郭昱沂
印製：知文企業（股）公司・(04)23581803
初版：2006年（民95）一月三十日
定價：新台幣 220 元

總經銷：知己圖書股份有限公司
（台北公司）台北市106羅斯福路二段95號4樓之3
電話：(02)23672044・23672047・傳真：(02)23635741
郵政劃撥 帳號：22604591　戶名：大田出版有限公司
（台中公司）台中市407工業30路1號
電話：(04)23595819・傳真：(04)23595493

國際書碼：ISBN 957-455-967-X /CIP: 857.63 / 94022997
Printed in Taiwan

廣　告　回　郵
北區郵政管理局登記證北台字1764號
免　貼　郵　票

大田出版有限公司　編輯部收

地址：台北市106羅斯福路二段95號4樓之3

電話：（02）23696315-6　傳真：（02）23691275

E-mail：titan3@ms22.hinet.net

地址：

姓名：

＊請沿虛線剪下，對摺裝訂寄回，謝謝！

TITAN
大田出版

智　慧　與　美　麗　的　許　諾　之　地

*請沿虛線剪下，對摺裝訂寄回，謝謝！

閱讀是享樂的原貌，閱讀是隨時隨地可以展開的精神冒險。

因爲你發現了這本書，所以你閱讀了。我們相信你，肯定有許多想法、感受！

讀者回函

你可能是各種年齡、各種職業、各種學校、各種收入的代表，
這些社會身分雖然不重要，但是，我們希望在下一本書中也能找到你。

名字／＿＿＿＿＿＿＿ **性別／**□女 □男　**出生／**＿＿年＿＿月＿＿日

教育程度／＿＿＿＿＿＿＿＿

職業：□ 學生　□ 教師　□ 內勤職員　□ 家庭主婦
□ SOHO族　□ 企業主管　□ 服務業　□ 製造業
□ 醫藥護理　□ 軍警　□ 資訊業　□ 銷售業務
□ 其他＿＿＿＿＿＿

E-mail/＿＿＿＿＿＿＿＿＿＿＿＿ 電話/＿＿＿＿＿＿＿

聯絡地址：＿＿＿＿＿＿＿＿＿＿＿＿＿＿＿＿

你如何發現這本書的？　**書名：女名之書**

□書店閒逛時＿＿＿＿＿書店 □不小心翻到報紙廣告（哪一份報？）＿＿＿＿＿

□朋友的男朋友（女朋友）灑狗血推薦 □聽到DJ在介紹＿＿＿＿＿＿

□其他各種可能性，是編輯沒想到的＿＿＿＿＿＿＿＿

你或許常常愛上新的咖啡廣告、新的偶像明星、新的衣服、新的香水……
但是，你怎麼愛上一本新書的？

□我覺得還滿便宜的啦！ □我被內容感動 □我對本書作者的作品有蒐集癖
□我最喜歡有贈品的書 □老實講「貴出版社」的整體包裝還滿 High 的 □以上皆非 □可能還有其他說法，請告訴我們你的說法

＿＿＿＿＿＿＿＿＿＿＿＿＿＿＿＿＿＿＿＿

你一定有不同凡響的閱讀嗜好，請告訴我們：

□ 哲學　□ 心理學　□ 宗教　□ 自然生態　□ 流行趨勢　□ 醫療保健
□ 財經企管　□ 史地　□ 傳記　□ 文學　□ 散文　□ 原住民
□ 小說　□ 親子叢書　□ 休閒旅遊□ 其他＿＿＿＿＿＿＿

一切的對談，都希望能夠彼此了解，否則溝通便無意義。
當然，如果你不把意見寄回來，我們也沒「轍」！
但是，都已經這樣掏心掏肺了，你還在猶豫什麼呢？
請說出對本書的其他意見：

大田出版有限公司編輯部 感謝您！